河出文庫

祝福

長嶋有

河出書房新社

目次
contents

祝福

丹下

遠くで丹下、と聞こえる。

小さく聞こえるが、本当は大声でいっているのだ。

足が六本、腕が一本、目ん玉三つ、なーんだ。

昔のなぞなぞを不意に思い出した。足が六本、腕が一本、目玉が三つ、そんなの怪物しかいない。

「こうさん」すると、答えは「丹下左膳が馬に乗っているところ」。

そんなのずるーい、と思うべきだったのだ。タンゲサゼンの意味が分からなかったから、ぽかんとしていた。

そんなのずるーい、と思ってほしかったんだな。その、なぞなぞを考えた人は。今はなんとなく知ってる。丹下左膳のことを。手を一本、のばす。手は一本ではなく二本あるから、片方を。

でもどうして、いつ、知ったんだろう。

上は大水、下は大火事、なーんだ。昔のなぞなぞって、今の子に通じないよな。のばした手が硬いものに触れる。手に持って、顔に近づけて、目を開く。

11：45。

目をとじて、足を動かす。蹴られて下にいってしまったタオルケットを、足指でつかんで引き上げる。膝の上までは足指に、そこからは手指にまかせた。右足指から左の手指で、胸まで持ち上げたら、右手指も添えて。足も動かして、持ち上がりすぎないよう、軽く突っ張る。

布団の中で上手にタオルケットをかぶりなおしたが、その動作で少し目がさめた。答えはお風呂です。そんなのずるーいって、子供はいわない。分からないだろう。今のお風呂に上も下もない。ピンピロピンピロリン、と沸くのだ。こないだS藤さんに電話したら、背後で家と同じチャイムが鳴ってた。だから急いで用事をいって切った。

また遠くで丹下！　と聞こえる。

本当はそんなに遠くでもない。それから、丹下、以外の言葉もいろいろいっている。

今、名を呼ばれている丹下は昔の丹下（左膳）のように手や目が片方ない、ということはないだろう。お風呂だって昔と今で違うんだから。昔の丹下だって全員が、手や目がない、ということはない。

いや。

驚いて目を見開く。「あしたのジョー」の丹下段平は、アイパッチをしていた！　おしっこ。起き上がる。「立つんだ」と丹下段平もいっていた。着ている寝巻きは、母親から届いた誕生日のプレゼント。この歳で誕生日に親からプレゼントとはね。「サンドー。昔の恋人は「あしたのジョー」の主題歌が好きだった。歌い出しの「サンドバッグに」のサンドー、のところをものすごく低音で歌って、元の歌は絶対にそんな低くないと疑ってた。

おふくろさんよー、おふくろさん。男って低い声出せるから羨ましい。もうすぐトイレットペーパー買うこと。

元どおり歩いて、元どおり布団に戻った。戻ったけど、戻らない軌跡を描いてもよかった。11：45というのは、本当はあまりいい状態ではない。寝たまま天井の、明るさをみる。遮光カーテン越しでも、外は明るい、晴れていると分かる。

わー、という声がたえず聞こえている。本当は、まわれまわれ、とか、おせ、とか、そんなようなことをいってるんだろう。大勢の人間の、足音らしい音の集合もする。でもはっきりと聞き取れたのは丹下！　だけ。普段はいちに、さんしー、にーに、さんしー、という柔軟体操の掛け声は聞き取れるのだが、今は試合中か。

眠いが空腹だ。冷蔵庫にはチーズしかない。トラピストクッキーあるけど、一日で一缶あけたら太りますわな。あれは食べるまでなんだかガッカリで、食べ始めると無茶苦茶おいしい、落差の大きい食べ物だ。落花生とか、そういう類の。

でも今は食べる前だから、ガッカリだ。11：45ってことは、かろうじて午前。しかも、今はもう11：45ではないのだ。

そうだ、今日こそこだま亭にいこう。サンマ定食食べたい、サンマ。このままでは秋が終ってしまう。終っちまう。

今度こそ「本式に」起き上がる。起きてもパソコン起動して、メールをみたりしてしまえばすぐに三十分ぐらい経過してしまう。下手すれば小一時間は経つ。さっさと最低限の身繕いして、ＯＬみたいに財布だけ手に持って外に出よう。

それでもメールはチェックする。フッフッフッフッフッとリズムよく（本当はフッという音もなく）受信していくけど、どうせほとんどが迷惑メール。休日だから、編集者からのはほとんどない。メールがなければないで物足りない気持ち。

扉の、新聞受けの鉄の内蓋が取れやすくなってて、朝刊を抜いたら落ちた。ゴーンと金属音が鳴る。土曜日の新聞もいろいろ別刷りがつくようになって、厚くなった。取り付けるのが面倒でその場に放置し、抜き取った朝刊も短い廊下に放って外に出る。

秋晴れだ。回れ回れ！　みたいな、スポーツの声が近くなる。向かいの４０２号室の家の前に生協の箱が置いてある。横長に四角くて、入り口が二箇所ある団地の、三階と四階の間の踊り場だけすごく見晴らしがいい。一階と二階の踊り場、二階と三階の踊り場は、その上にある踊り場部分が庇《ひさし》になっていて、だから見晴らしも普通。四階より上の屋上も、庇のようなせり出しがあるにはあるが、それはずいぶん高い位置だ。

見晴らしはいいけど、雨がたくさんふきこむ。ひどい雨のときは、家を出てまず傘を差して、階段一回り（四↓三）したら閉じて、二回り（三↓二↓一）して外に出て、また傘を差すのだ。

踊り場まで六段、降りてへりに手をつける。階段もへりも、頑丈で硬そう。

「ラリってたら飛び降りちゃいそうだな」昔の恋人は踊り場から外を見下ろしながらいった。ちょうどそのころ、タレントがマンションのベランダから飛び降りた。

「ドラえもんとのび太くんがタケコプターつけて、ふっと飛んでいきそうだ」R子は逆に、踊り場から見上げながらいった。R子はうまいことという。本当にそんな風。

見晴らしもいいけど、階段の横幅も広い。引越してくるとき、引越し業者は楽で喜ぶだろうと思ったが、すぐに違ったと思い直した。エレベーターがない四階だから、すごく大変だった。

築年の古い団地の前には古い病院。

「いざというとき便利だね」R子はいった。

道を挟んで右手には大きなサッカー練習場。サッカーではなくて野球やラグビーをやっていることもあって、今日はたぶん、ラグビー。もしかしたら全然知らない、新しいスポーツかも。ネット越しで、人の顔までは分からない。サッカー場の奥には木が七本並んでみえる。どれも高い木だから、四方を囲ったネットからさらに飛び出てみえる。右から三本目が少しだけ高い。

　しばらく佇んでいたが、前にこの踊り場で向かいの家の女子高生にうろんな顔されたことを思い出し、また階段のつづきを降りる。

　三階の、Ｋ野さんの家の玄関の扉にかぼちゃの絵が貼ってある。Ｋ野さん家《ち》はかぼちゃが大好き。ということではない。昨年のクリスマスには、紙のリースが貼られていた。

　ハロウィンなんかを祝うＫ野さんの家の子供に、上は大水、下は大火事、なーんだ、といったらどの程度通じないだろう。四角くて緑で木が七本、なーんだ。

　そういえばＫ野さんの家は今日は静かだった。寝ていると、いつもなら姉妹の声がするのだが。睡眠があまりに深すぎたのか。姉は小学生で、妹は幼稚園といったところか。ときどき団地の前で遊んでいる。姉はひょろっとした眼鏡っ子で、小さいながら活発な妹にいつも押され気味。

　三階のもう片方の家と、二階の住人には特に印象がない。一階の片方の家は、表札に三人の姓名が書いてある。もう片方はときどき寿司の出前をとる。

寿司の出前って、少し前までは豪華という感じだったけど、今は古くて律儀という感じだ。たかが四階から一階程度でも、高度が下がるとそれだけスポーツの声も大きく響く。

玄関の左手には自転車が並ぶ。右手の壁面には銀の集合郵便受け。土曜日は郵便届くんだっけと思いつつ、回転錠をまわす。

取るのが面倒で放置されたチラシ類が、別の大きな郵便物に押されつづけたせいでミルフィーユ状に堆積していた。

堆積しているな、という確認だけして、蓋を閉じる。

晴れている。自転車が気持ち良さそうに通り過ぎる。歩いている人の何人かは半袖で、洗濯機回してくるんだったと舌打ちする。K野さんだったら洗濯に戻るかな。いや、K野さんも、四階に住んでいたら諦める。サッカー練習場の脇を通って大きな通りに出る。

定期的に出るしゃっくりを待ち構える気分なのだが、あれから男たちは一度も丹下！　と呼ばない。荒々しく（どどどど、という足音で）走る中の誰が丹下なんだろうか、判別しようもない。

十字路の信号まできて、渡ってS科学に沿って右に歩くか、渡らずにサッカー場に沿って右に歩くか迷う。すぐ青になったので渡ってしまう。こだま亭は、渡った方の道沿いだし、そんなに丹下に執心してるわけでもない。車道はわりと混んでいて、次々と通り過ぎていく。

こだま亭、土曜日休みだろうか。きっとS科学研究所で働く人たちのための食堂だろうから、土日休みの可能性は高い。

さっき「そうだ、今日こそこだま亭にいこう」と思ったということを思い出し、そのことに少し驚いた。その街に引越してきたばかりの女の、散歩が趣味の、うきうきした、休日の、探検気分の、素敵ななんとか探し、みたいではないか。

S科学の門の前に守衛さんが立っている。太っていて、いかにも守衛らしい。S科学は巨大企業だ。深夜のタクシーでも「S科学すぎたあたりで降ります」で通じる。運転手さんの記憶がすぐにほどかれて「あーはいはい」と安堵の混じった声音になる。でも、S科学がなにを研究してるのか知らない。どの運転手さんも、もちろん知らなさそう。

守衛さんのいる門には詰め所もある。広い門から奥をみやると、玄関まですごく遠くて、間に噴水がみえる。みあげれば大きな建物のブラインドの隙間から光が漏れていて、休日出勤も多そうだ。

大会社だ、ダイガイシャ。七月の終わりに「S研祭り」が行われた。たぶん、恒例行事なんだろう。年に一度あの人工芝の練習場に、市民が招かれる。集合ポストに、ビールとか屋台とか、ただで飲み食いできる券つきのチラシが入っていた。

チラシには「S研チアリーディング部ダンス披露」から演目がいろいろ載っていて、雑技団や、テレビでみる手品師が招かれたりしていて、金がかかっている感じだった。R子と一緒に観にいった。ものすごい人の数で、皆、ものすごく地元っぽい格好だった。

「あなたもね」R子はこちらに指を差していった。

建物というより区域といっていい規模のS科学研究所を通り過ぎると、一階にとんこつラーメン屋の入ったマンションで、通り過ぎるととんこつラーメン臭い。ここを通るときいつも、とんこつラーメンが苦手だったN川編集長を思い出す。人間の食べるものじゃないと顔をしかめていた。

N川さんの考えには与《くみ》しない。与しないが起き抜けにとんこつラーメンはありえない。こだま亭が休みだったら、あと近くの店を知らないし、台無しだ。ドラムの音としゃりしゃりいう音と背後から聞こえて、すぐに通り過ぎていく。車から漏れ聞こえるステレオの音だった(「ドンシャリ音」とはいったものだ)。今日はオープンカーなんかに乗ったらさぞかし気持ちいいだろう。そういえば、いつもここらへんまでくるとスポーツの掛け声を忘れているが、声が届かなくなるわけではなくて、間断なく続いているからこのへんで慣れていくのだ。マンションを過ぎて細い道を渡ったらこだま亭。宅配便の受付の看板が出ているということは。サンマ、サンマと小走りで近づくと、明かりがついていない。

　だが、男が一人、いかにもたった今食った直後みたいな満腹顔で出てきた。男が開け放した古いガラス戸のふちに、引き継ぐように手をあてた。中に入りガラガラ、と音を立てて閉める。明かりはついていて、単にその明かりが暗いだけだった。さっきの男が食べ終えたばかりらしい皿や茶碗が卓に残っている。

　よかった、やっている。先客はあと一人。猫背の男が壁際のテレビをみている。テーブルはコの字型のカウンター式になっている。先客の男の向かいの、丸くて背もたれのない椅子に座り、壁にかかったホワイトボードをみる。よかった、予想通りサンマある。季節と店の佇まいだけで決め打ちしてきたのだが、みろ、この洞察、と威張りたくなる。

「サンマ定食お願いします」

「はい、サンマ定食」カウンターの中のおじさんは近づいてきて、伏せられた湯飲みをひっくり返して差し出してくれた。カウンター式テーブルの一段高いところにポットが置かれている。セルフサービスだ。

　立ち上がり、久しぶりにポットの上を押す。ポットの大きくて丸いのは、ボタンを押すというのと少し違う。蜘蛛は虫に似ているけど昆虫じゃないみたいに、これは

「ボタンを押す」じゃない。注ぎ口から出る液体にはもう色がついている。番茶だろうか。

先客は弁当を頼んだらしい。おじさんはその前の客の食器を下げがてら奥に戻り、白くて浅い容器におかずを盛っている。

テレビを背にしたが、音から察するに「四角いニカクがまーるくおさめる」やつをやっているっぽい。番組名は忘れた。首をねじって壁際をみあげると、果たしてそうだ。

首を戻し壁のメニューをみる。ホワイトボードにはマーボードーフ定食とさんまの塩焼き定食で、壁に貼られた紙には縦書きで一行ずつハンバーグ定食、とりステーキ定食、しょうが焼き定食、肉やさいいため定食、えびフライ定食、とんカツ定食、あじ定食……とつづいている。どれもお値ごろな価格。うん、納得と頷く。平日の昼にはS科学の人がいっせいにやってくるのだ。あるいは今、練習を終えたS研ラグビー部の面々がどすどすと訪れたら……。

十五人だけど、入れる？ 今から想像して身をすくめる。身をすくめるのは、そうあってほしくないということではない。むしろ逆。「皆、座れ座れ、なにを食べてもいいぞ！」年長の男が陽気に告げる。奥の方でミルクを飲む先客に気付き、声をかけてくる。

……って、それじゃ、ランバ・ラルだ。ガンダムなんて三十歳過ぎるまでずっと知らなかったのに。

番茶を飲んで、壁のメニューの続きに視線を戻す。さけ定食、カレーライス、かつカレーライス、おしんこ、ポテトサラダ、ごぼうサラダ、壁が変わって飲み物、ビール、日本酒、コーラ、オレンジジュース。

つづけて読むとカレーライスかつカレーライスになる。

カレーライスであるのみならず、そのうえカレーライス。なんでカツカレーって全部カタカナで書かなかったんだろう。おじさんは薄い容器に白飯を盛っている。定食屋でも牛丼屋でも、弁当を待つ人は、たとえ椅子に座っていても少し所在なさそう。でも喫茶店でコーヒー豆をひいてもらっている人は、そうでもない。コーヒー豆と違い弁当には、空腹を悟られることに対しての照れがかすかに生じるのだろう。

おかずとご飯を二つの容器に詰め終えて、おじさんはなにか探している。きっと輪ゴムの箱だ。台の上、の、業務用サランラップの、脇ですよ。

がらり戸の向こうに複数の人の気配。入るかどうか迷っているのだろうか。

十五人だけど、入れる？　泥まみれのラガーマンがいっせいにやってきたら、コの字が埋まってしまう。今のうちに一番端の椅子に移動しておこうか。俺ハンバーグ、俺もハンバーグ、ごはん大盛りで、俺とりステーキね、あとポテトサラダも。俺コーラ、俺もね。とりわけ大食漢がいう。俺、カレーライスかつ、カレーライス！
おいおい、どこまでカレー好きなんだよ、丹下！　ハッハッハ。アッハッハ。

戸の音がガラガラと響き、顔をあげる。入り口に立っているのは十五人ではなくて二人だった。若いカップル。入れ替わるように、猫背の男は弁当を受け取って出て行く。輪ゴムにはすぐ気付いたらしい。まいど、と声をかけて、おじさんは湯飲みを二つ、カップルに差し出した。

「あ、丸いニカクがまーるくおさめるやってる」女が壁のテレビを指差した。皆、番組名を知らないのだ。フレーズも間違ってる。

カウンター下に手をやると、漫画本に手があたった。くたびれた、少し前の漫画雑誌。ガフー、と変な音が響く。女が細くて長い指で、反対側に置かれた、こっちと同じ形のポットを押して、あれって顔してる。

漫画雑誌をぱらぱらめくる。拉致家族を描いたドキュメンタリー漫画。蓮池さん、めちゃくちゃ美男子になってる。これは、夕凪の街なんとかかんとか、の人だ。絵うまいな、タレ目で、なんかエッチだな。

あちこち読んでいたらサンマがいつの間にか出来ていて、運ばれてきた。四角いお盆にまーるく収める。サンマと大根おろしと、サラダと味噌汁とおしんこと、ご飯は男性向けの量。少なめっていうんだった。

それから猫のように無心になった。

来た道を戻る。帰りも、ＯＬみたいに財布を片手に持っている。当たり前だが。サンマはよかった。できれば大根おろしは、あれの倍、いや三倍は望みたい所存。でもよかった。戻って、今から洗濯したっていい。

サッカー場の、団地の反対側の脇には木が横並びに立っている。踊り場からみると七本だけど、こっちからみると八本ある。端から二本目が一本だけ、図抜けて低い。あとはどの木も高いが、本当は同じ長さではない。営業成績を競い合ってる。こちらからみると左から三本目がトップ賞。一人だけかりあげクンみたいなのがいるんだな。

ラグビーっぽいなにかの練習試合は終わったか中断していて、皆、四角い人工芝グラウンドの端っこにたむろしてる。四角いニカクが丸くおさめるって、なにを。男たちは、ストローが飛び出た大きな容器からたぶん、体に良さそうなものを飲んでいる。誰も彼も、太ももが立派。

四角い端には選手だけじゃなくて、女の子なんかもいる。途中休憩だろうか。なんていうんだっけ。ロスタイムじゃないし、サドンデスじゃないし、ましてやビバークじゃない。

今井さんね、ビバークビバークって軽くいうけど、ビバークは一休みって意味じゃないですからね。登山をするT中さんに真顔で訂正されたことを思い出す。ろっ骨が折れたとか、ものすごい吹雪で動けないとき、体力の消耗をおさえるために活動を休止する、それがビバークです。T中さんは東大の研究所で難しい研究をしている。理知的に説明してくれるT中さんはいつも目がとてもつぶら。

今井さんのいうビバークは、ハイキングの一休みじゃないですか。おにぎり食べる、みたいな感じですよ。

「ねえ、ここらでビバークしない？」

「あとちょっとやったらビバークだね」

「ビバークしようよー」

「ハブ・ア・ビバーク」

「はい、ビバーク」

「ビバークビバーク（手を叩きながら、徹夜で煮詰まっているメンバーに）！」チョコとお茶でビバークしているその同時刻、ろっ骨は折れ、鼻水も凍る、ヒマラヤ山脈高度五千メートル地点のクレバスに埋まり、幻影にルーベンスの教会画などみえ始めて凍死寸前のT中さん（でも、目はつぶら）。

ハーフタイムだ、と気付いたころには団地の入り口についた。自転車をおして出てきたK野さん家の奥さんと会う。

「あ、どうも」奥さん、笑顔で会釈。微笑んで、会釈を返す。K野さんの奥さんは、声なんかかけてしまって申し訳ないという風に急いで自転車にまたがって、駅の方にこいでいった。もう一度会釈。奥さんにはこの夏、バレてしまった。

こないだの新聞の土曜版に大きく今井さんが出てるから、本当に驚きました。平日の昼のゴミ捨て場で、お互いゴミ持ってた。あーははは。応援してます、みたいなことをいわれて、ありがとうございますとか適当に返事したけど、あれは挙動不審だったろう。

でも応援してくれてるんだから、いいや。癖で、また郵便受けを開けてしまう。開けたらミルフィーユ。ミルフィーユ状という喩《たと》え方も、最近のものだ。ハロウィンとどっちを先に人類は獲得したか。思い立って、チラシをごっそりと取り出す。こんなのの例にされて猛烈な抗議をするミルフィーユ。

財布とゴミの束を手に階段あがる。見晴らしは広くないけど、一回転すると踊り場ごとに景色がみえる。三回巡ると(一→二→三→)、やっぱり最後に景色が広くなる。春、病院の庭の桜が見事なので、折りたたみの踏み台を持ってきてスツールにして、発泡酒飲みながら見下ろしていたら、向かいの家の女子高生があがってきた。

向かいの家に女子高生がいることを、そのとき初めて知ったのだが、会釈をしたらうろんげな目でみられたのだった。女子高生は急ぎ気味に、家に入ってしまった。

傷ついた。たしかに平日の昼に、大の大人がなにやってるんだという感じは否めない。バツが悪いとも思った。それは平日の昼に発泡酒飲みながら桜を見下ろしているのが、実際、発泡酒のCMみたいだと思ったから。でも、傷ついた。

今井さんのビバークはハイキングのお昼ごはんですよ、と。

K野さんの奥さんがゴミ捨て場で声をかけてきて後、早朝、向かいの家の新聞受けに差さった新聞をこっそりたしかめたら、ほとんど原稿を頼まれたことのない新聞だった。財布の方の手にゴミも抱えて、ポケットの鍵を探る。

まあ、職業に気付いても、ますますうろんげにみられるかもしれないけど。

何年か前、高校の司書だった頃は、生徒にも人気あったんだがなぁ。なんだかこれって男の人の心みたいだな、今もがっかりした気持ちが少し残っている。

鍵を取り出して玄関を開けると足元に新聞受けの蓋が転がっている。外したままにしようか。でも、元アイドルがテレビでいってた。覗かれるって。サムターン回しされるよ、と脅していたのは誰だっけ。サムターン回し、ターンAガンダム。似てないし、全然関係ない。玄関脇に蓋を置き直した。

洗濯物を干して、ビール一缶あけて、ネットを閲覧していたらすぐ夕方になった（笑福亭仁鶴は二角ではないと分かった）。CDの音楽をとめたら、また外の音が聞こえるようになる。窓を開け放っているから、外の音ははっきり聞こえる。金属音が交じるようになり、どどど、という足音もなくなってテンポが変化した。ラグビーから野球に変わったのだろう。まさか同じ面々が休まずに、スパイクを履き替えて次々といろんな球技をやってる、なんてことはないだろう。S科学のいろんな人たちが練習場を予約して、交代ごうたいで。とにかく、だから多分もう丹下！　とは聞こえない。

交代ごうたいでやってるのだ。

そのかわり、K野さんの家の音がする。いつものように妹がなにかで強く主張しているので、耳をすましてしまう。

二ヶ月くらい前か、「お姉ちゃんが悪い！」と訴えた声が、すごくよかった。姉にいった言葉ではないだろう。親にいった言葉だ。なにを詰問されてのことだろうか、イントネーションも抜群によかった。お「ネー」が上がり、ちゃんがわる「イー」で再び軽く上がる。語気強く、鋭かった。そうだ、そうだ。事情も知らないのに加勢したくなる感じだった。お姉ちゃんってものは、いつだって分が悪い。

T木さんから電話。

「今井さん、次回のエッセイですけど、題名だけでも先行で……」題字や目次を先に印刷するのだ。忘れてた。

「えー、あー」周囲を見回す。なにも思いつかない。

「今夜でもいいですけど」

「じゃあ『ビバーク』で！」お姉ちゃんが悪い、とで迷ってからそう答える。いつも題名が怖いっていわれるから、かわいい感じで。

「ビバークですか」T木さんは変なものを口に入れたような声音。電話を切ってから、やはり本当は怖い題名だったことに気付くが、すぐに今度はM井さんから電話。

「今井さん、ゲラのなおし出来てますかー」

「出来てます、えん」

「どっちですか」M井さんの声はいつも含み笑いをしている感じ。付き合いが長いから、それが地だと分かってる。

「M井さん、あしたのジョーの歌、歌ってみてください」M井さんは渋くていい声。いいものもってる。

「サンドー……ってなんで」やはり過剰に低音で歌ってみせた。

「やっぱり低く歌うね」

文化系の男は、これが寺山修司の作詞だってこと、必ずいう。

「ゲラ、夜まで待ちますから」

「休日出勤、この原稿のせいだけじゃないよね」

「大丈夫、ほかもいろいろあります」M井さんは笑う。

「M井さん、足が六本、腕が一本、目玉が三つ、なーんだ、って知ってる？」

「なんか聞いたことある、なんだっけ」

電話を切る。夜はなにか作ろう、昼はこだま亭だったから。階段の昇降を思えば、

さっきの外出で買出ししてくるべきだったんだ。でも、昇降くらいしか運動のない生

活だから、それくらいしよう。一階から四階に戻るのと違って、四階にいるときは一

階にまた戻ることに億劫さがないな（当たり前だけど）。踊り場まで出ると、練習場

のナイター照明がついていて、向こうで木はシルエットになっていた。

夜は鮭。もっと、こう、大根おろしをまぶして食べたかったのだな、と自覚する。

コンロのグリル部分を外してお湯につけて、小説のゲラをなおす。さんさん直す。

さんさんは最近覚えた新潟の言葉。二つ目のゲラをざっと読んで、溜息が出る。イン

タビューを受けている今井留子の語尾の、なんとおしとやかなこと。「構想します

し」「そうですしね」とか。少しなおそうとして、立ち上がる。

また座る。「問題ですしね」そんな風に絶対にいってない。death 死ね。

携帯ではない方の電話が鳴る。ファックス以外で、こっちの番号にかけてくるのは

いまや母親だけ。父親は携帯メールもいそいそと寄越す人になったが。

古いファックスの電話はコードレスでもないので床に、正座みたいになる。

はい、あー、うん、ありがとう。着てる着てる。トラピストクッキーも助かってる。

助かってるというか、食べてるよ。え、ちゃんとしてるよ、今日もちゃんと食べた。うん、鮭。

背後でピンピロピンピロリン、と鳴る。S藤さんの家と同じ音。風呂を口実にして切る。

風呂では最初、体育座り。やがてへりに手をかける。へりがあっていいことだ。このあとまた、ビールを飲んでしまうだろう。


二時間かけてなおしたゲラを呪詛の念（death死ね）とともに送信する。歯を磨きながらファックスを見張る。

敷きっぱなしのなにがいけない。明かりを消す。携帯電話を枕元のいつもの位置に置いて、布団にもぐりこむ。この陽気だと、タオルケットはまた寝ているうちに蹴ってしまうだろうか。でもいい。目をつぶる。

すぐに眠りそう。丹下丹下といってたけれど。丹下、丹下と皆さんおっしゃってますが。丹下の後、なんなんだろう。

「こっちにボールまわせ！」だろうか。

「頼んだぞ！」だろうか。

「なにやってんだ！」かもしれない。叱責。お姉ちゃんが悪い！　なにが悪いのさ。

母親の誕生日になに買おう。R子に行かないってメールしないと。
そのとき、運動の音と無縁にただ丹下、とだけ聞こえ、私は暗闇で目を開いた。

マラソンをさぼる

僕の卒業した市立A高校は山の上にあった。偏差値はまあまあ高く、標高はめちゃくちゃ高いというのがA高の風評だった。本当は特に高いわけではない。山というより小高い丘にあるといった方がいいのだが、登校は大変だった。

あまつさえ、冬には急傾斜の道がアイスバーンとなって我々を苦しめた。極端な前傾姿勢をとって、足取りにも細心の注意をはらいながら頂上までたどりつくと、校門の前には教頭先生が立っていた。全校をあげて実施していた「朝の挨拶運動」のためだ。

挨拶と会釈をすると、教頭は白い息をはきながらおはよう、という。雪国でもあり、冬は誰のはく息も白いのだが教頭のそれはとりわけ白かった。あから顔だったから、白さが際立ってみえるのだ。瘦せていてしかもあから顔なので、教頭はとても不健康にみえた。生徒の間でも、冬の朝の気温は厳しすぎる、おはようございますのはずが、朝からさようならをいわなければいけなくなるかもしれないから、教頭を校門に立たせるのだけはやめた方がいいというのがもっぱらの声だった。

山の上の学校だから、野生の動物にも事欠かなかった。春になるとヤマカガシやマムシが出るので「登下校時には十分に注意するように」とホームルームで通達を受ける。目一杯おしゃれをして背伸びしているクラスの女子は一斉に興ざめな表情になった。どれだけ新しい服を吟味してみても、一方では蛇に注意しなければならない。しょせん、という言葉が出そうな、そんな顔。

山の上の学校だから、霧も立ちこめた。すぐ隣の、M山の峰からグラウンドに向かって敷物のように濃い霧が広がっていく。それは曇天の午後に起こる。皆、霧には慣れっこになっていて驚かないが、僕はどうしても不思議な気持ちで窓外の光景に見入った。

サッカーの授業中に霧が腰まで立ちこめてボールがみえなくなったことがある。上京して後《のち》、誰に語っても「それは大げさだろう」といわれるが、本当のことだ。皆、はじめは当惑した。似合わない、大人びた苦笑いを一瞬浮かべたが、すぐに皆ふざけだした。霧をドライアイスにみたてて、誰かがわざとらしい演歌を歌う真似をした。しゃがんで姿を消したり、さっと立ち上がってみたりした。霧が晴れると試合は唐突に再開された。

七月になると男子十五キロ、女子七キロのマラソン大会が行われた。マラソンは寒い季節のものだが、夏に行っていたのはA高が一応は進学校だったからだ。

進学校というほど秀才が集《つど》っているようには思えなかったが、活気のないしなびた街には誰だっていたくないから、皆、それなりに勉強して都会の大学を受験するのだった。だから受験勉強の妨げになるような行事は文化祭でもマラソンでもすべて一学期のうちにすませるのだ。

北国とはいえ夏のマラソンはつらい。だが大会の結果はそのまま体育の成績に取り入れられる。僕は運動がまるで駄目だった。サッカーなど霧のないときでもボールを空振りしかねない。高校三年の一学期のはじめ、僕は捻挫で体育の授業を何度か見学していたから、とりわけ夏のマラソンで頑張る必要があった。

マラソンはいつだってスタートの瞬間がもっとも緊張する。走り出してしまえば、あとは惰性でだらだらやるものだ。母は盛り蕎麦を食べるときいつも、蕎麦というものの美味しさははじめの一口目がすべてだ、といった。そうして自らを奮い立たせて食べ始める。一口目を味わってしまえば、あとは惰性でつるつる。似た者親子だ、などと思っているうちにスタートの号令がかかった。

スタートからしばらくは舗装されたゆるやかな下り坂だ。僕はさかんに呼吸しながら走った。マラソンは呼吸するスポーツだ。脚を動かしたり手をふったりするのはおまけのような動作で、マラソンの本体は呼吸だと思う。

だっだっという靴音が他人事のように響く。体温が上昇し、思考はどんどん単純になる。苦しくて、なにかに毒づきたくなる。皆、どんどん僕を追い越していく。同じように懸命に手足を動かしているのに、おかしいと理不尽な気持ちになる。太陽が雲に隠れると、少しだけ楽になった気がした。

広場を抜け、住宅地を通り、M山に入る道にさしかかるころ、背後から話しかけられた。

「なあ」同級生の川田だ。

川田は学年一の、というよりただ一人の不良だった。喧嘩はめっぽう強いという評判だったが、大勢でつるんで学校を荒らすような「大掛かりな」不良ではなかった。だが教師たちは彼にはどこか手をこまねいている風だった。

僕にとってもなじめない奴だった。もっとも僕はほかのクラスメートともあまりなじんでいなかったかもしれない。二人並んで山道を走る。

道はゆるいカーブで、つまりら旋状になっていて、ぐるぐると少しずつ山頂に近づいていく。雲に隠れていた太陽が再び顔を出すと、思い出したように蟬が鳴き始めた。「なあ」川田は併走しながらまた話しかけてきた。脇腹が痛んで、ペースはかなり落ちていたが僕は黙って走り続けた。無視、というより、息が切れて満足に受け答えができないのだった。

男子グループよりも後からスタートした女子の先頭集団が僕達を抜き去っていった。川田はまるで涼しい顔で僕の横についている。

「なあ、おまえさあ」川田は僕の返事を待たず、さらに話しかけてきた。

「なあ、おまえ、浅香唯の『セシル』って歌、知ってるか」僕ははあはあと息を切らしながら川田の方をみずに、ただうなずいた。この当時、もう浅香唯は人気の絶頂期を過ぎていたはずだ。アイドルは冬の時代で、バンドブームの真っ只中だった。

本当はセシルという曲が何年か前にヒットしていたなということ以外はうろ覚えだった。マラソンの最中にそこまで説明するのも面倒だから、ただうなずいたのだ。

「その歌詞にさぁ。『映画で観たセシルのように嘘はつきたくない』みたいな言葉があるんだけどさぁ」まったく肺活量のある男だと思いながら横をみると、川田はもう走るのをやめかけていた。抜き去りながら、川田に分かるように、大きく首を動かす。

「それってさあ。映画で観たセシルみたいな嘘つきにはなりたくないって意味かな。それとも映画で観たセシルが正直だったように、自分も嘘をつかないって意味か、おまえどっちだと思う」背後から大声で問われ、それは難問だと思った。とくにマラソンの最中に答えるには、いささか込み入った質問ではないか。砂利道なので大きな石を踏まないよう足取りに注意を払わなければならず、ますます僕のペースは落ちた。

ややしばらく考えて

「後者だと思うよ」大声でそう答えたら川田はげらげらと笑った。

「そうか後者か」後者という言い回しがおかしかったらしい。

「え、ちょっとまって。後者ってどっちだっけ」俺、どういう順番で質問した？　問われて自分でも分からなくなり、ついに僕は立ち止まった。

「正直者」しばらく考えていった。川田はうなずくと
「大体セシルって誰なんだ」といってゆっくり歩き出した。

「さあ」立ち止まると途端に体中から汗がふきだしてきた。

「グリコセシルチョコレートなら食べたことあるんだけどな」なんの参考にもならないことを真顔でいって川田は歩いた。うっすらと汗をかいているが、僕とちがって疲れた様子がない。

もうマラソンはビリに違いなかった。後者か、と川田はまだ何度かいった。分かれ道にさしかかったときに川田は僕の腕を引っ張って
「俺の家にいこうぜ」といった。脅されているとは思わなかったが、自分にはない強い腕力を感じとる。

「蛇じゃあるまいし、いつまでもとぐろを巻いていても仕方ない」といって一人で笑った。山道が旋になっていることをいっているらしかった。

二人で正規のマラソンコースを外れて山道を下った。川田は茂みの中の細道を慣れ

た足取りで進む。後から無言でついていくと、いきなり国道に出た。川田は何度か地面に唾をはきながら、なおも歩いた。

　川田は途中で雑貨屋に入って、ソーダ味のアイスを二つ持って出てきた。マラソンのTシャツと短パン姿のどこに財布を持っていたのだろうかと思い尋ねると「ぎった」といわれた。はじめてきく言葉なのに、盗んだという意味だと分かった。分かったときは僕ももうあらかた食べてしまっていた。とてもまずいという噂のラーメン屋や、時代遅れのパーマしかあててくれないという美容院の前を通り過ぎていくうちに海がみえてきた。川田の家は海の近くにある木造の社宅風の平屋だった。生臭いと思ったら庭には何十匹ものヒトデが捨ててあった。

「肥料がわりに埋めるんだ」庭に肥料をやって何を育てているのかは教えてくれなかった。川田の父親は漁師で、網にかかったヒトデを捨てるのはもったいないと持ち帰ってくるのだそうだ。

「あんな奴、はやく死ねばいいのにな」同意を求められて困る。父親は普段から乱暴で、特に酒を飲むと手がつけられないのだといった。そりゃもう、すげーよ。少し自慢そうにも聞こえた。母親もそれで逃げ出したのだという。ヒトデをよけながら引き戸をあけて家に入る。

　家は狭くて散らかっていたが川田自身が汚いだろうと自慢げにいうので気をつかう

必要はなかった。障子をあけると川田の部屋にはパソコンが置かれていた。パソコンというものをみたのは、このときが初めてだった。

「シャープの『X1ターボ』」パソコンを指していった。

「ターボっていうのが、なんだか速そうだ」我ながら馬鹿みたいな感想をいうと
「Xってのも凄みがきいてるだろ」といって笑った。

「しかも1だし」なにが「しかも」なのか自分でも分からなかったが、そういって僕も笑った。すると川田は
「そんなに笑うことないだろ」といった。

「そこ、畳が腐ってるから踏むなよ」と注意された場所をよけて腰をおろした。それから川田はウィザードリィというゲームを窓から西日の差す時間まで遊んでみせてくれた。僕は体育すわりで、途中からあぐらをかいてそれを脇からみた。帰り際に「俺がパソコンやってるなんてこと、誰にもいうんじゃないぞ」と凄んだ。僕は何度かうなずいた。

　国道に出る坂道をのぼり、振り向くと夕日が海に沈むところだった。マラソンどころか学校をさぼってしまった。まったく不安を感じないのはなぜなのか、自分でも分からなかった。

翌日、僕と川田は職員室に呼び出された。担任と体育教師が腕組みをして待ち構えていた。朝、川田にいわれたとおりに「熊に出会ったので」おずおずといった。一喝と同時に張り手でも飛んでくるかと怯んだら、怪訝な顔になった二人の背後であから顔の教頭先生がやっぱり、と叫ぶようにいった。

「今年は出るんだよ」「うちの嫁さんもみたって」職員室のあちこちでひそひそ話す声がきこえた。なぜかまずいことになったと思った。

「どこあたりで」山の中腹で。川田は平然と僕の後を引き継いだ。

「大きさは」大きかったです、ほとんどグリズリーといった方がいいような。いつも川田とそりがあわない先生たちが、なぜか素直に聞き入っている様子は奇妙だった。

「どうやって逃げた」藪を駆け降りて、二人とも無我夢中でした。川田も神妙な口調が板についている。

「なぜ学校に知らせなかった」頭がパニックになっていて。明日知らせようって。な。最後だけ川田は僕に同意を求めた。僕は懸命に首をふった。

グリズリー？　解放されて廊下を歩きながら、僕は小声でいってみたが、川田はにやりともしなかった。

帰りのホームルームで「熊が出るので山道利用禁止」と通達が出た。僕は遠くの席の川田の顔色をうかがってみた。痛快な表情をしているかと思ったが、そうでもなかった。

翌日、嘘はばれていた。当たり前だと思った。川田は居残りで説教をうけた。僕におとがめがないのは、マラソンで追い抜いていった真面目な女子の一人が、川田君がなにやら僕のことを脅していたみたいですと教師に報告していたのと、川田自身がそういったからだった。マラソンは一人ずつ、やりなおしをさせられた。

夏休みに入って何度か川田の家にいった。不良と仲良くなったということで、いよいよ僕も煙草や酒やシンナーを覚えることになるのかと変な期待をしながら遊びにいったが、そういうことはなかった。川田は「おまえは煙草を吸うような世界の人じゃないよな」と妙なところを尊重して、勧めてくれないのだった。そのかわりにゲームの地図作りを手伝った。川田が操作し、僕は数学で使うグラフ用紙に地図を描きこむ。畳のくさった冷房のない和室でゲームをするのは煙草と同じくらい不健康な感じではあった。

最後にあったのは夏休みの終わりだったか。霧雨がふっていた。電話で呼び出されていくと、川田は家につづく坂道の脇に立って、近づくと泣いた直後のように目を腫らしていた。ちきしょう、とつぶやいた。

雨の日は漁が休みだからなといって、ずぶぬれのまま歩き出した。傘を差し出したが無言で断った。しばらく歩いて野鳥園に入った。地元の鳥好きの男が自宅の向かいに私財を投じてつくった施設だ。

園内はがらんとしていた。クジャクや、何種類かのニワトリ、オナガドリもいた。川田の目はもう乾いていて、顔は無表情だった。鼻をすすり、檻の前で、羽をとじたクジャクに顔をむけながら

「おまえは将来なんになるんだ」と唐突にいった。戸惑った末、東京の大学を受験するつもりだというと

「そうか、俺はな。俺は弁護士になる」といった。

それからかがみこんで、小石を拾ってクジャクに投げた。石は当たらなかったし、クジャクもよけようとしなかった。ややしばらく、二人で黙った。二つ目の石を拾って投げて

「なにいってるんだ、俺」川田はそこでやっと笑った。笑って「なれるわけないじゃん」とつづけた。僕も

「うん。『そんなことないよ、頑張ればなれるよ』っていおうと思ったけどね」といって笑った。

「映画でみたセシルのように、嘘はつきーたくなーいー」川田は歌いながら、石をさらにいくつかクジャクに投げた。僕も投げたが当たらなかった。野鳥園はひっそりと

して、鳥が騒いでも誰も出てこなかった。

二学期になるとA高では大学受験に備えての特別講習がはじまった。山の上だから近くに学習塾も予備校もないのだった。川田は学校を休むことが多くなった。同級生も気にしていなかったし、担任は「あいつのことは気にするな」とホームルームで公言した。僕も川田のことを気にかけたり、忘れたりしながら勉強をつづけた。

短い秋が終わるころに、親の運転する車で川田の家の前を通った。川田は父親らしい男と二人で庭の隅にヒトデを埋めていた。すぐに通り過ぎたから、川田がふてくされながら作業していたのか、父親と和解していたのか、分からなかった。

それが川田をみた最後だった。川田は中退して、その後工場で働きだしたと噂をきいた。僕は上京した。

都会の大学に入っても僕は相変わらず暗かった。センスのいい知的な会話ができるようにという不純な動機で、映画をたくさんみた。古い映画もビデオでみるようになり、セシルが「悲しみよこんにちは」のジーン・セバーグのことだと知ったが、何度みても、セシルが嘘吐《つ》きなのか正直なのかは、未だに判然としない。

三十近くなったころ、ゴールデンウィークを利用して田舎町に帰った。数少ない友達と再会していろいろ聞いた。地元に居ついた友達は小さな街で起こった大抵の出来事を把握していた。A高校の坂の一部にはエスカレーターが設置された。あから顔の教頭は冬ではなくて春のある日、交通事故で亡くなったそうだ。川田家は別の街に引っ越してなにをしているか分からないが、あの平屋はまだあるという。

遅い春の陽光をうけながら、川田とアイスを食べた国道を歩いてみた。雑貨屋も、ラーメン屋も美容院もまだつぶれずにあって、やがて海がみえた。坂道を下る前の、川田が濡れながら立っていたあたりでなぜか不意に、あのとき「頑張ればなれるよ」といえばよかったかと思った。嘘とはいいきれないではないか、と。坂道を下るが川田の住んでいた平屋には人の気配がない。ただ、川田と父親がヒトデを埋めていたあたりの木に桜が咲いていた。見事な桜だった。

穴場で

酒屋さんの白い袋をぶらぶらさせながら、足りるかなあと思う。最終的に何人になるのか、確認しないままきてしまった。

川沿いを歩く。右手の茂みの向こうからせせらぎが聞こえる。外灯はまばらになってきた。

「あ、」前を歩いていた恋人がつぶやき、顔をあげると遠くでもう最初の花火が輝いた。はじまったのだ。どーんという重たい音が遅れて響く。細かく爆ぜてぱちぱちと散る音に、次のがあがるひゅう、という高い音が混じる（では一発目の最初のひゅう、は聞き逃したのだな）。茂みがとぎれて広い川がみえるようになった。川面に花火が次々とうつる。道は土から砂利になって、サンダル失敗だったと思いながら歩いているところを

「こっちこっち！」と呼び止められる。振り向けば河原の斜面にレジャーシートやタオルを敷いて、数人が座り込んでいた。暗くてよくみえないが、立ち上がって手をふっているのは誘ってくれた友人だと分かる。行き過ぎていたのを引き返した。

増水対策か、コンクリのブロックで大きな階段状になっているのを慎重に降りてい

って、私と恋人は友人に差し入れを渡した。

「何人くるか分からなくて」足りないかも、といいかけると
「大丈夫、たくさんあるから」と下のほうから声がかかる。近いのに、暗くて誰だか分からない。花火に照らされたのは知らない男の子だった。銀色のビール缶をかかげてみせている。

「コウイチくん」友人が紹介してくれた。外灯の明かりは茂みにさえぎられている。私の会釈もシルエットしかみえないだろう。

穴場というだけあって花火はよく見えるしすいてもいたが、河原は下までずっと凹凸の設けられたコンクリ敷きで、どんな風に座ってもお尻が痛い。尾てい骨がもろに当たるので、皆がもぞもぞとお尻を動かす気配がする。

「こういうの、穴場っていわないんじゃない。皆、ここを避けてるだけだよ」私の上の段に腰掛けていた女性がいった。

「でも、よくみえるからいいでしょう」さっきの男の子が悪びれずに答える。

河原の上からおーす、と声がかかり、また知らない二人組が降りてきた。友人の、顔の広さに感心する。

こいつが寝坊してさ、悪い悪い、ていうかもう始まってるじゃん、道を間違えたのあなたでしょう、などといいあいながら友人に、さっきの私たちのように差し入れを

渡している。

「ケンジロウとナナ」友人はどうせ顔もよくみえないからと適当な口調で紹介をし、我々も自動的な会釈をした。ビールをあけて、私は一人で対岸をみる。

花火大会もだけど、大きな川にくる、そのことが久しぶりだ。花火が赤く青く川とその周囲を照らし出した。対岸は遠く、外灯はやはりまばらで、歩く者はない。あの並木はきっと桜だろう。その奥の、遠くの国道には車のライトが連なって、遠いから緩慢に動いている。花火は視界の端において、しばし川面と対岸とを眺めた。

川にくると、そのたびに川が好きだと思う。川から帰ると、そのことは忘れてしまう。夜の川もいいものだと気付く。

だんだんと夜目がきくようになってきたが、私たちは互いの顔もよくみないまま、花火の感想をいいあったり、だんだん飽きてきて、めいめいのことを話したり、つまみや酒を手渡しあった。お尻の痛みにたえかね立ちあがる人も二、三人いた。

派手で大きいのが連発されるようになって、花火大会もいよいよ終盤だと分かる。

「あ、」人見知りで無口な恋人がさっきと同じような小声をあげた。指をさしているのは花火の方向ではなかった。私がみていた対岸の国道の、上のあたり。

雷だ。息を呑む。上空の高いところに黒雲が広がっているらしい。紐のような雷が上空に幾本も走りだした。花火が地上にいる私たちの姿をかすかに浮かび上がらせるように、細く光る雷は、周囲の雲の輪郭や色を一瞬だけみせる。「すごいね」恋人は控えめに指差したのに、皆が気付いてそっちをみた。上空で光るだけの雷には、花火とちがって音がない。花火の穴場と同様に、我々だけがそれをみつけたような気持ちになったのだと思う、少しの間、皆は無言になった。私はこっそり恋人の手を握った。

花火が終わり、川のせせらぎが聞こえるようになった。河原を歩いて帰る人が次々と通り過ぎ、国道が混雑してるのもみえたが、放電が終わっていなかったので、緩慢に、にぎやかに会話を続けた。黒雲がこっちにきて大雨になるかとも思ったが、逆に雲は遠ざかり、いつしか隠れていた月がくっきりと川にうつった。

つまみも酒もなくなって、国道の混雑もおさまったころ、大きなトレーラーが三台並んでいくのがみえた。

「あれきっと、さっきの花火のスタッフじゃないか」誰かがいい、そうだそうだ、と皆頷く。はじまりに間に合わなかったが、何もかもをすっかり見届けたような気持ちになった。

「花火師も花火が終わったら帰るんだな」また誰かがぽつりといって、当たり前じゃないと誰かがつっこみをいれた。我々もやっと川沿いの道にあがった。しげみの向こうの外灯の下で、私たちはやっとお互いに自己紹介をした。

山根と六郎

コンビニでお湯を入れさせてもらったカップラーメンをコンビニの前で食べる。横断歩道の脇の少しひしゃげたガードレールに座る。あまり体重をかけないように。

遅れて山根がコンビニから出てくる。うわ、うまそう俺も買えばよかったと早口でいいながら山根は、機種変更したばかりの携帯電話の箱を、その箱にあわせたサイズの袋から取り出した。

「買えばよかったのに」きっと、ラーメンの紙蓋をめくったから匂いに反応したのだろう。

山根は着信した時のアンテナを何色に光らせるかで悩んでいる。

「なあロクローおまえなら何色にする、俺とりあえず水色」箱を開け分厚いマニュアルと、もう充電されている電話機だけを取り出して、箱は袋に戻した。

「着信時の色?」聞き返しながら、割り箸の袋を先に開けておくんだったと後悔する。紙の袋だったら噛んで開けてしまうのだが。

「七色から選べるって」いいながら山根はマニュアルをめくった。コンビニを出てきた人がそのまま横断歩道を渡っていく。ぶつかりそうなほど近くにいたわけではないが、カップを持ったままガードレールの端に移動する。座りにくいので、やはり立つことにした。

「あーなんかちがう」前と設定の仕方とか違うわやっぱり。山根は携帯電話を見すえたままつぶやいて、立ち上がった。

ふう、と息をふきかける。コンビニのポットから出てきたお湯は湯気が出ていたけど、きっとそんなに熱くない。そう分かっていたけど、息をふきかけている。

だから出しておいてよかっただろう？　山根はつぶやいた。マニュアルのことを自分自身にいっているらしい。ページを読みあげる。

「オレンジ、イエロー、ブルー、グリーン、ライトブルー、カッコみずいろ、レッド、シアン、カッコむらさき」

「カッコの中は読まなくていいよ」

山根は水色といっていたからライトブルーか。このあと着信メロディと待ち受け画像でも悩むのだろうな。カップの縁に親指をかけ、残りの指を底にあてがうように持ちながら、割り箸で麺をほぐす。立ちながらだとどうもやりにくい。ガードレールに背を向けると、ちょうどコンビニからカップラーメンを持った男が出てきた。

ところどころペンキで汚れたズボンをはいている男は、出てすぐ立ち止まるとラーメンの蓋をその場ではがした。もう割っておいたらしい箸をさっとカップに入れ、ろくに混ぜもせずに麵をすすり始めた。すすりながら、横断歩道を渡っていってしまった。

立ち食いなら、お椀型より縦長のカップのやつがいいらしい。そうかそうかと思いながら、自分も混ぜるのはもうやめることにして二口目の麵をすすった。

山根は携帯電話のボタンを押し続け、画面を熱心にみつめながらでもさあと気の抜けた声でいった。

「でもさあ？」つゆをすすって、呑んでから答える。山根も六郎にあわせるつもりかガードレールに背を向けた。いつの間にか分厚いマニュアルを手に持っていない。足もとの、携帯電話会社が気をつかってデザインしたような紙袋に戻したのだろう。

「七色使えても、七種類もないよそんなに、せいぜい高校時代の奴と、友だちと、あとバイト先と親くらい……」

「でも、とりあえず水色にしたいんだろう」といいながら、またつゆを一口呑んだ。お湯に戻されたばかりのコーンがかすかに甘い。

まだ少しかたいコーンを奥歯で嚙みながら、縦長の容器の方が立ち食いに向いているというさっきの発見についてまだ考えていた。

「ロクローって免許もってる」山根のいじっている携帯電話の背面がオレンジ色に輝

き出したが、山根は気付いていないようだ。

「もってない」前を横切った女がコンビニに入っていく。麺が減って、少し持ちやすくなった。山根の携帯電話の背面が、今度は青く光っている。

「俺こんど田舎帰ったら取ろうと思ってさあ免許」帰ったら、の部分にアクセントをこめて山根はいう。

「こっちでなくて？」ワカメと麺を一緒にすする。

「本当は十八になったらすぐ取るつもりだったんだけど」山根はそこで携帯電話をひっくり返して、背面の液晶をみた。赤く発光している。

「だって田舎の方が取りやすいっていわない？　道も広いしさ」山根の田舎はどこといっていたか。またスープに口をつけ、顔をあげると店内で立ち読みをしている女と目があった。さっきの女だ。女はなぜかバツが悪そうに雑誌を戻してしまった。

「あー俺やっぱり食う」山根は携帯電話をパチン、と折り畳み、コンビニに戻っていった。少し前に菓子パンを食べていたが、やはりそうするんじゃないかという気がしていた。

縦長のにしろ。そうアドバイスするのを忘れていた。コンビニの店員が店内を歩き回っている。山根が奥を移動している。えんじ色の制服の店員はしゃがみこんだのか、みえなくなった。

あの制服を一生着続けなければいけませんってことになったらどうするかな。どんどん麵をすする。

雲に隠れていた太陽が出てきて、首筋が暖かくなった。柄の悪そうな二人組が目の前を横切る。がさがさの、脱色した髪。一人は鼻にピアス。もう一人は腕にタトゥーがみえる。入れ墨よりも、その腕の太さに気圧《けお》される。カップラーメンをひっこめるようにして、視線を落とす。

一人はコンビニに入ろうとし、もう一人が呼び止めると、ほらこれ、と鞄からCDを一枚取り出した。

「ああ、そうか」貸したのか、返してもらったのか、受け取った方は手に持ったまま、またなといってもう片方の手をあげた。

「おう、じゃあな」

もう一人もいって、くるりと信号の方を向いた。コンビニの店内ではCDを手に持った男が悠然と歩いていて、レジ脇では山根がカップラーメンの蓋を半分開けて、真面目な顔でお湯を注いでいるところだった。同じ銘柄のを買っている。まあいいか。残り少なくなった麵をすすり、つゆも呑む。

お湯を注ぎ終えた山根が、めくった蓋を親指でおさえ、残りの指で底を持ちながら出てくる。やはりとても神妙な顔をしている。

「なんか今、怖い奴が入ってきた」山根は面白そうにいった。もう一人はとっくに信号を渡って、どこかにいってしまっていた。

山根はカップラーメンを水平にもったまま歩き出した。怖い奴から遠ざかりたいのか。

（でも〝じゃあな〟っていうよ）

山根の置き忘れた携帯電話会社のロゴ入り紙袋を片手につかんで後をついていく。もうつゆの残りを呑む気はない。山根は少し歩いたところで立ち止まり、カップの紙蓋をはがした。いつの間にか割ってあった箸で中身を混ぜて、ずずっと大きな音で食べ始めた。

歩道の真ん中に二人で立ち止まっているのは所在ない。少し具が減ったら歩くよう促そう。向こうからきた自転車が車道に移って脇を通り過ぎると、山根は食べながら二、三歩歩き出した。しかしやはり食べながらでは歩きにくかったみたいで、また立ち止まった。

「デスノートって読んだ？」まだ、と答える。あれ面白いよ。すげえの。山根は忙しそうにいいながらどんどん食べた。

「それは小説なの、それともマンガ」

「ロクローはジャンプとかみないの」山根は質問で答えた。つゆを呑み、口を離したとき、なぜか思慮深そうな表情をしていた。食べるのは少しの間やめにするらしく、歩き出した。後に続く。揃いのカップラーメンを手に、縦並び。

公園にきた。水飲み場で二人、ラーメンのつゆを捨てた。山根は短時間でほとんど食べ終えていたが、麺が少し排水口に残った。山根は気にせずに、デスノートという漫画について語った。デスノートっていうのに名前を書かれると、死んじゃうんだよ……。

「今度貸してよ」山根の説明はなんだか要領を得なかったので、実物を読んだ方が早いと思った。

公園のゴミ箱はもう一杯だったが、割り箸を刺すように突っ込み、カップは蓋をするようにかぶせた。

「もうない。人気あるから売った。古本屋に」

「売ったんだ」(面白いのに)

「うん」山根に紙袋を渡して、公園を歩く。

日陰のベンチしか空いてなかった。お尻に湿り気を感じる。山根はまた携帯電話をいじりだした。

「ロクローは変えないの」

「変えない」

「アンテナの先っぽとれてるじゃん」

「とれてるけど」

目の前の砂場に子供が三人やってきて遊び始めた。えー、変えようよ。山根は新しく出た携帯電話について語り出した。なんとかアプリで大容量のゲームを遊べるとか、パソコンのデータをメモリカードで転送できるとか。

三人の子供は皆しゃがんでいる。山根は急にしゃべらなくなった。また携帯電話をいじる必要が出てきたみたいだ。子供のうち一人はスコップで砂を掘りだしたが、あとの二人は何かカードのようなものをみせあっている。スコップの色がやけに鮮やかだ。

「ロクローってさあなんでロクローって名前なの」山根は携帯電話の画面から目を離さない。メールのアドレスを変更しようとしているのか。

答えようとしたら子供が一人大声をあげた。スコップの子が立ち上がっていて、視線の先には猫がいる。

「猫、さわったらいけないんだよ」

「いいんだよ、あとで洗えばいいいんだよ」

「いけないんだよ」カードの二人は言い合いをしたが、スコップの子はすいこまれるように猫のそばまでひたひたと歩いていって、撫でていた。

(なんだか)

六郎も立ち上がった。

「ザッキンがいるんだよ、ノラ猫には」大人の言葉の受け売りを一人がいい、もう一人は黙って猫を撫でる様子をみていた。

「なに」山根が顔をあげた。

(なんだか今、あの子の方が猫みたいだった)

「なによ」山根も猫を撫でる子供の方をみやっていた。

「いや」なんでもない。

もう猫は撫でられ終えて、さっきカップラーメンのつゆを捨てたあたりにいって、子供は三人とも砂場遊びに戻ってしまった。

のどが渇いた。ラーメンを食べたから。遠くのベンチでネクタイをゆるめてだらっとしていたサラリーマンが、かかとだけ脱いでいたらしい靴を履いて立ち上がった。のびをして、公園を出ていく。

「なんかもうシュウカツしてる奴とかいない?」

「シュウカツって何」いいながら立つ。山根も立ち上がり、二人でサラリーマンのいたベンチまで歩いた。とてもくつろいだ様子だっただけあり、そのベンチは日当たりもよく、特等席のようだった。

腰をおろすと今度は砂場は視界の端で、子供は一人の背中しかみえなくなった。

「就職活動」

山根と六郎は、二年生になってから知り合った。「国文学特講」と「国語学特講」を間違えて違う教室にいき、しかも隣同士に座った。自分たちだけ教科書がちがう、顔を見合わせて二人そっと教室を抜け出し、学食に移動する間、ずっと関係ない話をしたのだった。

「就活もだけど、もう卒論の資料を集めてる人もいるよ」

「誰？」

「大森君」

「大森、大森って、いるね、大森ね」いつもなんの授業でも前の方に陣取って熱心にノートを取る連中がいて、大森君はそのうちの一人だった。

「獅子舞の研究で、全国各地の獅子舞をみなきゃいけないから、今からもう休みとか利用して巡ってるんだって」口調に尊敬の気持ちが混じっていると気付いて山根は「すごいねそれ」といった。普段は「前の方の連中」のことを、あまりよくいわないのだ。

砂場の子供が一人、水飲み場まで駆けていくのがみえた。のどが渇いているのを思い出す。

そういえば、水飲み場の水を最後に呑んだのはいつだったろう。

「大森って、じゃあ民俗学者にでもなるつもりかな」

「そうかもね」といいながら、そんな将来に本当は興味ないと六郎は思った。質問した山根もそうかもしれず、大森君も興味ないに違いなかった。

今、この瞬間にいれあげる何かがあるというそのことに、二人はすごいねと思っているのだし、卒論とか将来なんて全国を巡る大森君にとっても便宜的な、方便でしかない。勝手にそんなことを思い、やっぱり水飲み場までいこうと立ち上がった。直前の思考のせいか、立ち上がり方がなんだか決然としたものになったので、山根がなに、といった。買い換えたばかりの携帯電話は折り畳まれたまま山根の左手にあり、太陽はまた雲に遮られて光を弱めつつあった。

「のど渇いた」

「あ、俺も」ラーメン食ったからだ、なんでのど渇くんだろうって思ってたけど。山根は合点がいったという調子で立ち上がり、お尻を払った。ベンチが汚れていたかと振り向いたが、特にそんな風でもなかった。

砂場に残っていた二人が大声をあげはじめた。よく響く声だが内容はよく分からない。言い争っているようだが、険悪な気配はしない。

「バーカ」

「カーバ」と言い合ったので、歩き出した山根と顔を見合わせた。

山根はそれから水飲み場ではなくて、公園の出口に向かった。

「子供って子供だなァ」山根は笑みを浮かべていった。

「そうだね」本当に、いつから水飲み場で水を飲まなくなって、いつからバーカ、カーバといわなくなったんだろう。バーカ、カーバといわない自分と前の自分で、なにが変わったのだろうか。

いや、でも自分は子供のときもバーカといわれてカーバなんていい返さなかった。

水飲み場にいっていた子供が、出口のほうにバタバタと走ってきた。

「かえるのー」砂場の一人が大声をあげた。

「かえるー」子供の首には携帯電話がぶらさがっている。公園を出て歩きながら、横目で子供の様子をみる。

「じゃあねー」砂場の子供が二人で手をふる。

「じゃあなー」

「じゃあねーバイバイ」首の携帯電話を揺らしながら、子供は山根と六郎を追い抜いていった。

（やっぱり、じゃあねっていう）

「やっぱり」と山根が声に出していった。飲み物の自動販売機は歩き出してすぐみつかった。

「なにが」少しびっくりして尋ねる。だが、分かっていた。自分の〝やっぱり〟とは違うことだろうと。

「今はガキでも持ってるんだよ、ケータイ」山根は五百円玉を取り出して自動販売機に投入した。

「ロクローって五百円札ってみたことある？　俺ある」山根はコーヒーを奢ってくれた。そこで六郎の古ぼけた携帯電話がぶるぶると鳴った。

「あ、うん。今、友達といる。山根っていうの。話したことなかったっけ。うん。さっき食ったよ。カップラーメン。立って食った」答えつつ、そういえば今日生まれて初めて、立ってラーメンを食べたんだ、と改めて思った。

「じゃあ後でね、うん」

「誰」電話を切るや山根が不審そうに尋ねてきた。

「彼女から」いったら驚くとは思った。だが、思った以上に山根は目をまん丸にしている。

「まじで！」と山根はいった。

「いったことなかったっけ、彼女いるって」

山根は驚き、抗議するような表情で「マジで？　マジで？」と繰り返している。そういえばなんで六郎っていうのかも、答えそびれたな。ロックンロールで六郎らしいんだけど、でももうそんなことに興味なさそうだ。六郎は缶コーヒーをくいっと呑んだ。

嚙みながら

南出《みなみで》頼子は不思議だった。忘れていたことを、あるきっかけで簡単に思い出せるということと、ずっと思い出さずにいたという、その両方のことが。

ある夏の日に、頼子は銀行強盗に遭遇した。

黒いTシャツの男が視界の端にみえたときから、頼子は漠然と不審感を抱いていた。銃声が鳴り響いたとき、頼子は背もたれのない椅子——といってもその小さな銀行のロビーに背もたれのある椅子は一つもなかったが——で絵本を読んでいた。絵本は、銀行の柱に据え付けのラックにあった、子供向けのものだった。持参していた薄めの文庫本は順番待ちの間に読み終えてしまっていた。ラックには男性向けの週刊誌もさっていたが、頼子は読みたくなかった。本当は絵本も読みたくなかった。

鳴り響いた音を、初めから銃声と分かったわけではなかった。大きな爆発音が響き、顔をあげたら黒いTシャツの男が天井に銃を向けており、その銃口からは煙が揺れていた。すぐに悲鳴と、それを抑えつけるための怒鳴り声が響いた。銃声とは別の、入り口の方角からだった。

「百六十、ふたばんでお待ちのお客さま……」静まり返った店内に、機械のアナウンスが告げた。

（あと三人だったのに）頼子は一瞬思った（とかいってる場合じゃないな）。銃を発射した黒いTシャツの男は紙袋をかぶっていた（いつの間にかぶったんだろう）。男は、ついさっきも強盗してきたとでもいうような身軽な足取りでカウンターの上にひらりと立った。それで頼子は少し腑に落ちた。最初ちらっとみたときに感じた不審感は、その足取りだ。銀行という場所を歩くときの足取りとは違うと感じたのだ。

昔みた映画のエレファントマンのような紙袋をかぶった男は、銃を持っていない左手の時計を確認した。細い腕に似合わないGショック。

入り口近くで怒鳴った方の強盗は紙袋ではなくストッキングをかぶっていた。店内を見回し、銃口をその場の全員に（牽制として）向けるため伸ばした腕を忙《せわ》しく動かした。そのまっすぐな回転のような動きは風にあおられる風見鶏を思わせた。長いスーツの袖を腕まくりしている。あと一人、やはりストッキングの男が入り口に立っていて、寡黙な様子だった。行内に緊張が広がっていく。

カウンターに立った男はその場の全員に、両手を頭の後ろに回すよう指示を出した。上から銃口を向けられたカウンターの女性行員たちは皆すでに頭の後ろに手を回し、客に見本を示しているみたいだ。恐怖のためか横並びの女たちの全員が無表情だった。

居合わせた客は、膝をついて床にうずくまるよう促された。頼子の隣の男が大げさな嘆息をあげた。外国人だ（銀行にきてるけど、あまりお金なさそう）。わざとらしいくらい不安そうな表情をしている。頭の後ろに回した太い腕の、モジャモジャした毛が照明でわずかに光っている。居合わせた客は十二、三人か。頼子は冷静に観察していた。後頭部に両手をあてて床に膝をつき、防災訓練のようにうずくまる。でも、そっと顔をあげる。頼子が顔をあげた気配で、向かい側にいた男も顔を少しあげた。

腕まくりの強盗が男に怒鳴りながら近づく。顔をあげるな！　腕まくりは男の顔面を遠慮なく蹴った。頼子は（周囲の人間も）身をすくませた。それで、顔をあげずに真面目に床をみつめつづけると（あれ）頼子の気持ちは不意に高校時代に戻ってしまった。銀行強盗の最中なのに。

高校の担任に、無言を強要された。全員、顔を下げろ。たしか、昼休みの後の五時間目か六時間目の授業だった。顔を下げるだけでなく目もつぶるよう、担任はいったのだったかもしれない。銃は持ってなかった（当たり前だ）。視界には床ではなく、机の面が間近にあった。机には前の使い主が描いたドラえもんの落書きが残っていて、その罪のない表情まで含めて今、思い出した。

落書きは思い出せるのに、無言を強要された理由は覚えていない。まさか、「給食費を盗んだ犯人」を捜すためではなかったはずだが。

静まり返った教室で、それでも頼子がそっと顔を動かすと隣席の男子もその首の動きで、やはり周囲をうかがった。

あのときと今と、同じ。隣席の男子と目が合い、マジかよ、面倒だなという意味の視線を交わし合った。別に普段は仲がよかったわけではない。今、銀行で見知らぬ男と交わした視線が、マジかよ、面倒だなというものだったわけでもない。でも、なんだか同じ。

どこかで赤ん坊が泣き出した。カウンター上の強盗は行員に（上から）なにかの指示をしているらしい。入り口とこっちとで強盗同士が言い合う声も。少しだけ顔をあげて様子をうかがうと、今度は全員が顔を伏せていた。腕まくりの男が巡回している。油断せずくまなく見回す男の所作は、彼自身が追い詰められているようにもみえた。

「やっぱりやーめた」カウンターの男はそういって自らかぶっていた紙袋を脱いでしまったので頼子は驚いた。息がしにくいから、というくらいの気軽な口調だった。目が合いそうになり、すぐに顔を下げる。

そうすると再び、頼子の視界にあるのは床と、自分が取り落とした絵本だけになった。絵本の端には銀行のロゴマークのステッカーが貼られている。不意に思う。

（……担任が皆をうつむかせたときの質問、あれはやはり、私にまつわる問いだったのではなかったか？）

赤ん坊がさらに大きく泣き声をはりあげた。黙らせろ！　腕まくりが苛々した声で母親に要求したようだ。

（無理だっつーの）頼子はうつむいたままくしゃみを我慢していた。床が冷たいせいだ。椅子の脇の鞄に、冷房対策のカーディガンが入っているのだが（無理だっつーのって皆、いっせいに思ったかな？）。上京して数年、都会のなにが閉口するかといって、冷房以上のものはないと頼子は思う。

「赤ん坊にいっても無理だって」皆ではなく、カウンターの男が腕まくりにツッコミをいれ、赤ん坊は泣き続けた。ドサクサにまぎれてくしゃみをしようかと思ったが、大きな音を立てたせいで撃たれてはたまらない。

　カウンターの男は落ち着いていて、腕まくりは緊張している。頼子はそう踏んだ。入り口の男のことは、みえないから分からない。どんなフィクションでも、三人組ってそんな風になる。一人は軽くて一人は怒り屋で、そして一人はなにを考えているか分からない（存在感が希薄だ）。高校時代に仲間がこぞって読んでいた「幽霊探偵」とかいうシリーズに出てくる、間の抜けた犯罪グループもそうだった。

（いや、入り口にいる男が分からないのは、単にまだ出番がないからだけど）ついに頼子は小さくくしゃみをした。

……小さいつもりがけっこう大きかった。強盗だけでなく、全員がこっちをうかがった気配。

（イヤだな、こういう感じ）なんだ、くしゃみか。警戒はすぐに立ち消え、頼子もほっとする。また元の姿勢で床をみていると、思い出すのは高校時代のことばかりになった。頼子にはたくさんトラウマがあった。

（自分が傷ついた瞬間って、小さなことでも長く忘れないよな）高校一年の夏の放課後、頼子はコンビニまで歩いた。じゃんけんに負け、アイスを買いにいった。友人の一人は「私普通のカップのバニラアイス」といった。もう一人は「ガリガリ君」を希望した。学校からバス停二つ分を歩いて、カップのバニラアイスとガリガリ君と、自分にはホームランバーを選んだ。

戻ると、友人が「私これ」と迷わずホームランバーを手に取ったときの（えっ）という感じを、今でも覚えている。覚えているのが、やはり不思議でもある。取るに足らない、些細なことなのに。

私が食べたいと思ったカップアイスはこんなに大きいものではなかった、ホームランバーも同じバニラ味で、大きさもちょうどいいから、カップアイスの方をあなたが食べればいいという友人に、頼子はどうしたかというと、怒鳴ったのだった。それは理の通らない話ではないか、と。説明なしで「私これ」と手に取られたこと自体に、理不尽を感じた。いわれた友人の目は丸くなって、まさか泣かないだろうと思っていたら泣き出してしまった。

（でも、私が傷ついた）床をみながら笑いそうになる。自分自身の剣幕の強さにも、泣き出してしまう子にも、ホームランバーという名称にも、その一連の出来事の些末さにも。全員がみみっちく、あえていえばかわいい（私ってなんでいつも、怒りをセーブできないんだろう。くしゃみも我慢できないし）。

不意に誰かの携帯電話が着信した。緊張感にそぐわない、明るい歌声が響き渡る。すぐに強盗の足音。走っているのではない、でも歩いている足取りの中ではもっとも速く、かつ苛立った歩き方。

そんなふうな歩き方で近づいてくる教師がいた。額がおめでたい印象の。おい、と威圧的な声音。腕まくりが携帯電話を没収したようだ。教師たちもまた、さまざまなものを没収した。

おまえらアレだぞ、変なこと考えるなよ。腕まくりがうずくまった全員に言い渡す。携帯電話の砕ける音。

（最初にまず、全員から没収するべきなんじゃないの）手際が悪い。自分なら、大きなカゴを用意して、順繰りに入れてもらう（ハーイ、ここに入れてってくださーい）。

今度は入り口近くでガラスの割れる音がして、反射的に顔をあげる。他の頭もいくつか動いた。

おまえら動くな！　すぐに強盗の声が響く。腕まくりもストッキングを脱いでいた。野太い声にみあった、立派な眉毛。煙草をくわえている（ストッキングでは吸えないもんな）。顔を戻すとき、椅子と椅子の隙間から、胸元で携帯電話をいじっている人がみえた。

（ほらやっぱり、全員から没収しないから）うつむいたまま目だけ動かせば、椅子と椅子の隙間で、やはり指は動いている。男性の指先に、頼子は意識を集中させた。そういえば、銀行に入る前にみた、向かいに止まっていた乗用車、禁止されているスモークフィルムでガラスは全面真っ黒だった。あれが彼らの逃走車だ。その情報を告げられたらいいのだが。男の指がかすかに震え続けているのが、頼子からみても分かる。（どうか落ち着いて）頼子は念じた（怒鳴っている男も緊張しているのだから）。強盗は行員になにかを急がせている。液晶画面の輝きが漏れないか、頼子は遠くから気を揉んだ。

通報がうまくいけばもうすぐサイレンが聞こえてくるだろう。私なら、サイレンを鳴らさずにくるようメールするかもしれない。外と連絡を取っているかもしれないが、行内にいる犯人は三人だけ。頼子も親指を動かしてみる。

5を一回、1を二回、6を三回、＊を一回、5を二回、6を一回、そこで変換ボタンを一回（内部には……）。

背格好も、どっちの手に銃を持っているかも、私は冷静に報告できる。ない、ない、携帯を持って、頼子は親指を動かしつづける（……男三人、入り口の乗用車が……）。

警戒心をともなった足音が響く。男がみつかったらしい。携帯を動かしていた男の手は、スニーカーに踏まれた。

なにやってんだ！　遅れて怒鳴り声。また携帯電話の砕ける音。頼子は自分の指を握り締めた。殴る音は聞こえなかったが、床に倒れたせいで、男の顔がみえるようになった。きっと、痛い目にあった。目をとじる。

そういえば、みつかりやすい人間と、みつかりにくい人間と、いた。授業中のことだ。早弁、内職（と称しての、別の授業の宿題）、漫画、携帯メール。いろんなことを堂々としても気付かれない人と、怒られる人といた。先生は、相手によって気付かぬふりをしていたのかもしれない。

（うそ）目を開けば、男の倒れた床に血が飛び散っている。付近から悲鳴。

急げ！　カウンターの冷静そうな男も声を荒げている。強盗というのはその仕組み上、必ず緊迫の度合いは高まっていくものらしい。それはそうだ。だんだん弛緩していく強盗なんてない。客だって行員だって、犯人と別の（しかし犯人がもたらした）理由で緊迫感は高まる一方。

倒れた男の血は血溜まりというほどには広がっていない。でも安否は分からない。

遠くでサイレン。それでむしろ、頼子は緊張してきた。頼子の前を通り過ぎる腕まくりの口から、舌打ちがたしかに聞こえた。

おい、ふざけろよ！

だまれよ、大丈夫だっての。

話ちげーよ！　大丈夫じゃねえよ！

犯人同士、言い合いを始める。短期戦のつもりだっただろう（だから、携帯電話の没収も省いた）。

「ふざけろよ」って言葉も久しぶり。高校時代に聞いて以来。男子って、どうしておっかない言い方するんだろうと思ってたけど、あれからなぜか気持ちが少し分かる。「ふざけるなよ」じゃなくて、「ふざけろよ」がしっくりくる。入り口の男だけは言い合いに参加しないらしい。そういう男子もいる。

ダイジョーブだよ、百人乗っても。

カウンターの男が言い合いの途中で冗談（それも、つまらないの）をいったので、頼子は思わず顔をあげてしまった。すると、他にもたくさんの人が——今ではなくてずっと前からという感じで——顔をあげ様子をうかがっていた（さっきは私一人だけだったのに）。こんなときに感じている場合ではないと思いつつ、頼子は少しの疎外感を覚える。

カウンターの男はとっくにカウンターから降りて、ジュラルミンのケースを二つ、携えていた。一つを腕まくりに渡すところ。

「さしあたって……」カウンターの男は、サイレンが近づいてもあまり取り乱していない。

「……クルージングのお供を選ばないとな」気取った言い方をしている。車に乗り込ませる人質を考えているらしい。

「どうするんだよ！」腕まくりにはなんのビジョンもないようだ。とにかく、人質は泣いている赤ん坊でさえなければいいと頼子は願った。頼子は、自分は子供を欲しいなんて一生思わないだろうと考えていた。だけど最近、知り合いの赤ん坊と半日過ごしただけで、簡単に（だけど強く）願うようになった。同時に、この世界にいるどの赤ん坊もかわいく思えて仕方なくなった。道行くベビーカーの、どの顔をみてもすぐに相好を崩した。ほとんど物のようにそれを欲しいと頼子は思う。

赤ん坊はやめようよ。今ならば、あの赤ん坊はちょっとした緊張感のただなかに短時間いただけ。トラウマにはならないかもしれない。赤ん坊を人質に逃走してはいけない。強盗十箇条にもあるではないか。強盗よ、紳士たれ、と。

（ないけど、そんなの）頼子は喉が渇いている自分に気付く。

「一人は口がきけるヤツ、もう一人は……持ち運びやすいのがいいな」男はさも合理的だという口調でそういった。いわれた腕まくりは迷わず歩き出す。やはり、赤ん坊だ。知ってか知らずか、赤ん坊はいつの間にか泣き止んでいた。

（自分の前を通る！）頼子は顔を下げた。唾を無理矢理飲み込んで、自分は焦ってないし緊張もしていないと自らに言い聞かせた。

こんなことは慣れっこだ。やったことがなくても、そう思うことにする。自分の判断が正しいとか、事態がよい方に動くとか、そんな確信はまるでなかった。だから（皆、ごめん！）とだけ思った。男のスニーカーが視界に入ると、頼子は起き上がり飛びかかった。通り過ぎる男の足に背後からとりついた。男はつんのめる。

「てめ！」二人、もんどりうって倒れる。もう一人の軽いノリのあいつを、タイミングよく誰かが押さえますように。銃になんかビビらずに、勇気をもって行動しますように。頭を殴られる。痛い。冷たい床に自分の膝が強くぶつかるが、ふりほどかれまいとしがみついた。頼子は男の腿に思い切り噛みついて……そしてまさかそのことでも、また高校時代がフラッシュバックするなんて思ってもいなかった。

頼子は親友を噛んだのだ。

噛んだのは、今のように室内ではなくて外でだった。コンビニの前だ。夏ではなくて秋のことだった。腿ではなくて腕だった。

頼子は高校三年の二学期から登校拒否を続けていた。彼女は一番の親友で、心配して家にもきてくれた。部活動（のようなもの）での付き合いだったから、頼子がクラスでどんな目にあって孤立しているか彼女は知らないし、頼子も絶対にいわなかった。

なにかに落伍したような気持ちや、学校にいかなければという強迫観念は薄かったが、悔しさのようなものはあった。好きな部室での時間を、なぜ私の方が失わなければいけないのか。唇を真一文字にして、学校までいってみるのだが、いつも途中でバスを降りてしまうのだ。廊下や、階段の踊り場にたまっているクラスメイトの「姿」を想像しただけで、胸が苦しくなる。

今も胸の縮む感じがして、驚く。行内の喧噪が高まっている。

「ちょ、こいつ、なんとかしろよ！」嚙まれている男が叫ぶ。

あの日も、学校近くの（ホームランバーの）コンビニ前のバス停で降りてしまった。コンビニのトイレを借りて少し吐いた。電話をかけてみたのは、トイレの鏡に映った自分の顔の情けなさを、人にみてもらうことで、客観視したかったからだろうか。不在だったが、すぐに折り返しの着信があった。

彼女は走ってやってきた。

客観視したいというより、甘えていたのかもしれない。心配してくれることが分かっていたから、走ってやってくるところを、みたかったのだ。

銃声が響いた。悲鳴も聞こえる。どうなるのだろうと他人事のように思いながら、下半身にしがみつきつづける。

学校にいきたいのに、体が動かないんだ。面白いことのように、笑顔を作っていって、背中を押させてみた。ほら、動かないでしょう？

すると彼女は真顔になり、腕を引っ張ってきて、驚いた。無言で、怒っているようにもみえる。

いつも、私の話を聞くばかりで、絶対に否定しない人だった。全力で引っ張られて、頼子の体は斜めになった。

「嘘だ、動けないなんて」引っ張る彼女も傾いていた。必死に抵抗する。なんでそんなに、私のことに真剣なの。頼子は泣きそうになり、咄嗟に力を弱めた。

強く引っ張られていたから、彼女に抱きつく形になった。このまま胸にとりすがったら泣くことになる。頼子は彼女の腕に噛み付いた。悔しいような悲しいような気持ちで、強く噛んだ。彼女の、私を動かそうとする力と、自分の気持ちがおとなしくなるまで。

彼女に残ったかな、私の歯型。こんなに長時間、怒りをこめてではなかったから、大丈夫だよね。

誰かが男の上半身にのしかかってくれたらしい。頭部への打撃はなくなり、下半身の抵抗も減ったが、まだ噛むのをやめなかった。

（でも、歯型残っているんでも、いいや）頼子は目をつぶったまま、思い直す。（友情、ではなくても、でもあれもなにかの証だ）噛まれても、噛んでも、アイスを買ってきたときのような理不尽は、お互いに感じていなかったはず。

高校を中退して七年たった。彼女は卒業後にすぐ子供を産んだと人づてに聞いた。あれから一度も会ってない。なんとなくだ（ジーンズって、あるいは腿っておいしくない）。噛んでいるのは自分なのに、腹部に強い痛みを感じて口を離す。いくつかの罵声と、また激しい腹の痛み。そうか、蹴られているんだ。みあげると、軽薄そうなあの男が恐ろしく酷薄な形相で立っているのが一瞬みえる。間近に響く大袈裟なサイレン。銃声と、大勢の乱暴な靴音。男の手前にみえる黒いものに焦点があう。銃だ。うたれるのかな。遠くで赤ん坊はまた泣き出している。

……泣いているってことは、まだ生きているってこと。頼子は意識を失った。

目覚めると空がみえた（なんで空？）。建物の壁もみえる。自分が担架かなにかに寝かされているのだと分かるのに少し時間がかかった。すぐ近くで赤色灯の回る赤い色の変化がみえるのに、サイレンは遠くから聞こえてくる。まだ応援で新たなパトカーか救急車が駆けつけるのだろう。

腕のモジャモジャした外国人が、なぜか頼子を覗き込んでいた。周囲はざわめいている。ざわめきには、ひそひそいう遠くの声と、大声の警察官らしき声と、状況を説明する銀行員の声とがあった。

　赤ん坊は無事だったろうか。みえていても実感しなかったのに、横顔に風があたったことで、ここが銀行の外だと頼子は感じた。そういえば、今日は暑いんだった。「暑い」つぶやいてみる。久々に言葉を喋った。久々といっても、一連の出来事が何分間のことだったのか、頼子には分からない。

「大丈夫ですか」ヘルメットをかぶった救急隊員の顔が視界に入る。さっきはずっと真下をみつづけて、今度は真上ばかりみている。

「赤ん坊は無事ですか」逆に尋ね返しながら、こんなに注目されるようなイベントがあるんなら、もっとちゃんとした服を着てくるんだったと頼子は思った。自分も、そんなことを思う大人になったな、とも。さっき、不意にさまざまに思い返した、どの、高校時代の私も外出時の身なりなんて気にしなかったもの。

「無事ですよ」無事です、緊急隊員は二度、強く繰り返す。なぜかずっと張り付いている外国人が笑顔になる。

（なんであんたが付き添ってんの）筋合いじゃないだろ、と頼子はいおうと思った。

「Congratulation!」金髪の、肌の荒れた外国人は頼子にいった。

（本場の発音だ……）なにがめでたいの、とツッコミの言葉を思ったが、いわずに目をとじた。自分が持ち上げられ、車内に運ばれるらしいのをただ感じながら、彼女に連絡をとってみようとなんとなく考えていた。

ジャージの一人

階段を降りて、「カマボコ型の屋根」を探す。と、すぐ右手にみつかる。たしかにカマボコといえばカマボコ型だ。広い歩道沿いにその屋根の停留所がいくつか並んでいて、それぞれの柱に大きく番号がふられている。二番、二番と反芻しながらいくと、ちょうど二番の停留所にバスはもう来ていて、しかしまだ発車する気配はない。先頭の乗車口が開いている。段を二つのぼり、運転手に行き先を確かめる。

「このバスは沓掛《くつかけ》にとまりますか」バスに乗るのはずいぶん久しぶりだ。

「はい、とまりますよ」

乗り込むと乗客は僕のほかに三人。最後部の幅広の席の、一つ手前の左手に若者が一人。真ん中あたりの右手におばさんが一人、手前の右手に男が一人。ならば僕は。鞄が当たらぬように持ち上げながら男の脇をすり抜ける。真ん中と手前の中間あたりの左手か。四人の配置がまったくの平行四辺形になるというのも出来過ぎというか、なにが出来過ぎなんだかさっぱり分からないが、真ん中のおばさんの一つ手前ぐらいの左側に鞄を置き、体を滑り込ませる。

そういう風に自分で自分を「配置」してしまうのはなぜだろう。それは僕だけなのだろうか。二人目の乗客も一人目の席を、三人目も二人目と一人目の座った位置をみて、自分の座席を適度に離したのではないか。

誰にいわれずとも自動的にそうしている。少なくとも自分の場合、子供のときからそうだった気がする。そういえばさっき「このバスは沓掛にとまりますか」と尋ねたときにも、その言葉はなんだか子供みたいだった。

いつも父の車に乗せてもらってくる山荘の後片付けに、今年は一人で向かう。バスは舗装された山道をのぼる。センターラインのない二車線は珍しい。

終点で降りたのは僕と男だけだった。バス停の前には定食屋とみやげ物屋が二軒だけ並んでいる。滞在中はなるべく自炊をという気持ちが早くも崩れる。引戸を開けて着席し、置いてあった黒っぽい表紙の男性週刊誌をめくり、チャーシューメンを頼む。レジの、のれんの向こうで赤ん坊のむずかる声がした。

注文したあとで下唇の口内炎を思い出す。

「あ、やっぱり」親子丼にといいかけて、似たようなものかと思い直す。

トイレを借り、会計をすませて出てくると、目前にさっき乗ってきたバスがまだ停車していて、エンジンがちりちりと音を立てている。

鞄を幾度か持ち替えながら、二十分かけて山荘まで歩く。山荘は、あった。

「あった」とつぶやきさえした。先週の台風がちょうど群馬のこのあたりを通過して、父も僕も心配だったのだ。あの家、倒壊してるんじゃないか。

歩いてくる途中、未舗装の道の端に小枝が散乱していた。どんぐりもたくさん落ちていて、拾ってみるとどれもまだ青い。本来ならまだ落ちる実ではない。

家に入らずに、裏に回って水道の元栓を探す。落ち葉の合間に丸い蓋をみつけ、かがみこんで腕をいれてコックをひねる。ふりむいて、壁ぎわのプロパンガスの元栓もひねった。大木をみあげる。昔から家に向かって傾いているが、倒れる寸前なのか、まだ踏ん張るつもりなのか、みただけでは分からない。

家に入る。例年ほどカビくささは感じない。すぐに電話をいれる。

「カマボコ型の、あったろ」父はいった。

「あった。すぐ分かった。家も無事にあったよ」

「まだ分からないよ」と父は遮った。地盤がゆるみきって、これから倒れるところかもしれない、と。

「そうだね、しれないね」適当にいいながら鞄のチャックをあける。いつも山荘に原稿用紙やノートパソコンを持参するが、ほとんど仕事のはかどった例《ためし》がない。

空気の入れ換えのつもりで戸を開けて、そのままテラスに出る。隅に、古いデッキチェアが畳まれていた。錆びていたが、なんとか開いたのですぐに寝そべると、ちょうどざわざわと木々の揺れる音がする。仰向けのまま、揺れる木の葉の向こうの空をながめる。いい天気だ。東京は猛暑だった。へっへっへっと声がもれた。

涼しさに目を覚ます。木のざわめきは続いていて、陽は暮れかかっている。部屋に戻り、かもいのハンガーにかかったジャージをはおった。

持ってきたレトルトを温める。『電子レンジで二分、お湯で七分』か。台所脇に、電子レンジは一応ある。古ぼけているばかりか端がなぜか少し溶けていて、これ自体が一度温められたような気配だ。家族の誰もつかっているのをみたことがない。

お湯でいいや。トイレにいく途中で鏡をみると、頬にも、肘にもデッキチェアの跡がついていた。

食べ終わるとすることがなくて、しばらくは本を読んでいたのだが飽きて、台所の明かりを消しにいき、カーテンをしめる。窓際に置かれた一輪挿しを倒してしまう。中に水が残っていたみたいだ。床を雑にふいた。

口寂しかったが買い出しをしてないから食う物がない。爪楊枝入れから一本抜き取って、柄の方を口にくわえた。

台所のを消したかわりに居間に二つある明かりは両方つけることにした。さっきから、なんかこう暗いんだ。一人だからって、自分のいるところだけしか照らしてはいけないという法はなかろう。

おもむろに、テレビ台の下の段から父の遊んでいたテレビゲームを取り出した。麻雀のソフトが差さったままだ。どれ。黄色い線と白い線をテレビの前面に差し込む。ビデオチャンネルに切り替えようと思ったらちょうど気象情報をやっていて、もう次の台風がきているという。

リモコンはないので、テレビ本体の押しにくいボタンを押すと、真っ青な画面の右上に「ビデオ2」と表示が出た。ゲーム機の電源をいれると画面は灰色になった。

電源を切って、カセットを抜いた。ずっとくわえていた爪楊枝を手につまんで、カセットの背面にふっと息をふく。幼いころ、花ちゃんが真似をして、ふーーっと神妙な顔でふいていた。それじゃあ埃が飛ばないよと思ったが、黙ってみていた。

差し込んだ感触で、これはいける、と思うときがある。スムーズに奥まで入る感じ。構造からして、奥なんてないのに。ずっと遊んでいなかったので、こういう動作を何度となく繰り返していたことを不思議に思う。

三度目で、タイトルが出た。「つづきから」に父のデータがまだ残っている。「どれ」つづきから、を選ぶ。ロシアのハクポンスキー氏との戦いだ。世界中を旅しながら麻雀の強敵を打ち負かしていくストーリーらしい。

僕の子供の頃、父はゲームをあまりしてない気がする。母はコントローラーに触れたこともない。スーパーファミコンが出るより以前に離婚して、僕は母と田舎にいったから、父がその後ゲームをしたかどうか分からない。だがこの麻雀ゲームはみたことがなかったから、買ったかもらったかしたのだろうか。

ハクポンスキー氏は、ハクに限らずすぐポンする。あがりはホンイツばかり。しかし僕はもっと下手で、気付けばどんどん点数が目減りしている。

木のざわめきが増している。今年二度目の台風直撃なのか。

合成音声が「ロン」といった。倍満を振り込んだので、半荘終了を待たずに電源を切ってしまう。口中の爪楊枝の感触にも飽きてきて、柄のくぼみの部分を舌で折って、ぺっと出して捨てた。

他になにあったっけ、と、テレビ台の下の缶箱をあさる。戦闘機を操って、途中から合体ロボになるのがあった。高らかなファンファーレのような音楽が鳴りわたる。

父は昔、これで遊んでいる小さな僕を背後からみながらいった。

「インベーダーを一匹やっつければ十点だろ」と。僕はインベーダーのことは知らなかったが、頷いた。

「十匹やっつけると百点だろ」算数の問題でも出そうとしているのかと思った。

「百匹やっつけると千点」そうだよ、僕の返事は素早かった。敵の攻撃が激しくなってきたのだ。

「なんで、一匹で一点じゃないの」さあ、と気のない返事をしてみたが、会話に気を取られて自機はやられてしまった。パックマンがエサを一つ食べると、やはり十点だ。一点ではない。

「一の位は、常に0だよな」そうだね、そうだね。画面に「GAMEOVER」の表記。邪魔をされた気持ちだった。

あのときのやりとりを思い出しながら、ゲームをスタートさせる。飛んでくる敵を倒すとみるみるスコアがあがって、もう一万点もとっている。百の位までゼロの表記は動かない。一機倒すと千点から、か。

子供のとき、なにをいいたいのかよく分からなかったのが、急にここで分かってしまった。ゲタをはかせてもらっていい気持ちにさせてもらってる感じ。

だが今となってはスコアなんてものがあってもなくても、どっちでもいい気分だ。敵を避《よ》けていくだけで時間がつぶれる。なんだか意気があがらず序盤でやられたので、むっとして電源を切る。画面は青くなり、思い出したように角張ったビデオ2の表示。子供の頃は砂嵐だった。

立ち上がり、テレビと、居間の明かりを順番に消し、書生部屋と呼んでいる狭い和室に布団を敷く。一人なのだから居間に敷いても、長椅子で寝てもいいのだが、なんとなくいつもの部屋で眠る。

着替えずにまず布団に入ってみて、暖かさをたしかめる。立ち上がって書生部屋の電球を消すと真っ暗になった。目を閉じても開けても視界はない。それでも目を閉じると、開いていたときとは違うことを思う。仕事しないと。やっとチャンスが巡ってきたのだ。ここにきてまで、ゲームなんかやっていてはいけない……。


午前中に目覚めたのに、書棚から「島っ子」なんか取り出して読みふけっている。ちばてつやの代表作が「あしたのジョー」だなんて嘘だ。あれはもっとも作者らしさがスポイルされてしまった作品だ……。

起きてからやったことといえば積んである布団をいくつかテラスの手すりに干しただけだ。

長椅子に寝そべりカバーのない「島っ子」をめくりながら、いかん、いかんと思っている。子供のときは迫害を受ける主人公一家がかわいそうだったが、今読むと、島の住人たちの警戒心ももっともだと思わせる無謀さが一家にはあり、やんぬるかなという感じだ。

「いかんいかん」声に出してがばりと立ち上がって、食材を買いに出る。ダイマルという店まで、二十分くらい歩く。森を出ると日光がまぶしく、浅間山がくっきりとみえる。台風はそれたみたいだ。食材の会計をすませ、併設の本屋をぐるりと物色して、新聞を買った。

百円いれると動く機関車トーマスの乗り物やポップコーンを作る機械の設置されたあたりで、ベンチに座り新聞をめくる。もう八月も終わりごろで、レジャー気分の家族連れはほとんどいない。

朝刊と夕刊の四コマ漫画が両方のっている。プロ野球の、延長戦の結果が分からない。なるほど、と脚を組み替えたりして日に当たっている。

買い出しから帰る途中の道の最中で、よその家の敷地内の巨大キノコに目をみはり、勝手に入り込んでつついたりしてしまう。


そんな暮らしを四、五日ほど繰り返した。同じベンチで新聞を読み、少し違う食材を買い込んで、同じ道をたどって帰る。家の前の木は倒れずに、でも傾いていて、周囲の別荘は、不思議なデザインだったり、茅葺き屋根だったりするが、どこもほぼ無人。ごくたまに誰かとすれ違い、会釈をする。

なんだか、ゲームみたいだ。

自然の山や、木々や風のざわめきに囲まれていてもそう思うのはなぜだろう。夜になるたびに昔のゲームをがちゃがちゃ取り出して遊ぶようになったからかもしれないが、そうではなくてすべての動作を、いや、すべての思うということを一人でしているからだ。

バスの座席を定める瞬間から、もうゲームだった。一人プレイは寂しくて、でも気楽な営みだ。

夜、僕は両手鍋を持っていた。鍋つかみがなくて、古いタオルの端と端を使って取っ手にかぶせていた。茹でたパスタをざるにあけようとしていたのだが、不意の轟音で体がとまった。

地震か。家中のガラス戸がびりびりと震えだす。地面が動くと、肉体は止まる。轟音は、揺れとは別のところから発しているようだ。

テラスに出てみる。浅間が噴火したのかと思ったが、特に赤い光などはみえない。では、近くの崖が崩れたか。

テレビをつける。何の速報もない。しばらくするとカラカラ、カラカラ、と屋根をなにかが転がる音。噴火だ。きっと軽石が転がっているのだ。

外に出るか、家にこもるか。大きな火山岩がドカドカと降り注いだらどっちでも同じだ。怖いような面白いような気持ちで、父に電話をいれてみる。

「噴火したよ、多分」轟音はやみ、しんと静まり返っている。同じＮＨＫのテレビ音声が受話器の向こう側からも聞こえる。特にテロップなどは出ないという。

「前の噴火は、昭和五十年ごろじゃなかったかな」父はいった。もっと驚くかと思ったが、口調はのんきなままだった。

「今からレタス畑のあたりにいけば、みえるかもよ」

「なにが」僕は落ち着かずに正座していた。

「噴火口」えー。怖さも面白さも、両方が増してきている。

受話器を置いて、台所でまだ湯気を立てている両手鍋に気付く。なんだ、まだいたのかというような気持ちになるが、とにかく中のパスタをざるにあけた。レトルトのカルボナーラを平皿にあけて、電子レンジつかっちゃえ、と、はいつくばってコードを差し込んだ。埃っぽいボタンを押すとドアがばんと開いた。いろいろできる機種らしく、どれを押していいか迷うが「一分」というボタンを押す。

内部が輝き、皿が回転をはじめる。今からレタス畑に？　いくとしたら、デジタルカメラ内蔵の携帯電話を持って、あとマグライト。たしか書棚にあったな。

腕組みをして考えていると外からぎぎっと動物か昆虫の鳴くような声がする。動物も、慌てているのかもしれない。

不意にブレーカーが落ちて、家中が真っ暗になった。レンジのせいか。もう、と思いながら、そろそろと脚を動かし、書棚のマグライトにたどりつく。細身なのに、鋭い光を放って頼もしい。昨日の夜遅くに出した電気ごたつをつけっぱなしだったのをまず消し、ブレーカーを戻したあとで、念のため、すべての照明を消す。

　真っ暗な台所にまたそろそろと戻り、もう一度「一分」を押した。暗闇で電子レンジの輝きを、また腕組みをしてみつめる。レンジは物を温める。だけどみていると、向こうが温まって、その分なんだかこちらが寒いような錯覚がある。

　台所の明かり一つだけつけて、急いで伸びたパスタを食べ終えると、マグライトを手に外に出た。僕の離れた直後の山小屋を大きな火山岩が直撃する。震動で最後の力を失った大木がめきめきと倒れ落ちる。間一髪、逃げのびた主人公の背後で起こる炎上。

　そんな格好いい想像とうらはらに脚がすくむ。火山岩は今ここに直撃するかもしれないのだ。怖いのに、歩くのをやめられなくなっている。頭上の木々をなにかが移動している。風ではない、生き物の気配がした。デジタルカメラで頭上を撮影してみる。闇夜にフラッシュが光る。

　撮った画像をその場で再生してみて、あっと思う。動物の姿はない。かわりに無数の火山灰が降り注ぎ続ける様子が写っていた。みえなかったが、フラッシュに反射したのだ。

　とたんに硫黄臭さに気付く。途中、道沿いのどの別荘も明かりがない。十分ほど歩いただろうか。レタス畑の端までたどりつくが、誰もいない。浅間のあたりは雲に覆われているのか、なにもみえない。

（本当の、一人プレイだ）

深海に降り注ぐというマリンスノーを思いながら、みえない灰の降る森の道を早足で帰宅する。電球に虫が何匹もたかっている。

蛾やガガンボのほか、夜にはあまりみることのない、カメムシが大きく円を描き、羽音を立てた。足下には小さなバッタのようなのまで跳ねている。

慌てるよね、皆。しばらくみていたが、台所に移り、なんだかホットケーキを焼く。着ていたジャージをなでたら、灰がさらさらと落ちた。

ファットスプレッド

テレビのコマーシャルに小沢健二の曲をつかうのは反則だ。

絶対に、画面をみてしまうに決まっている。

みてしまって、ちっと思う。やはり画面に目を向けていた文男もそんな顔で、テーブルの上に視線を戻した。気持ちだけでなく、動作までのせられた。好きといえば好きな曲なのに、つかわれていい気持ちがしないのはなぜだろう。

「九〇年代は遠くなりにけり、か」文男も不機嫌そうに紅茶をすすった。

「よし、絶対にあの商品、買わないぞ」コマーシャルはもう次のものになっていたが、まだ向こうに聞こえているかのようにいってみる。パンが焼けた。

文男はリモコンを向けてチャンネルをテレビ神奈川に変える。あ、と小声でいった。

「あ、そうか」私も一瞬遅れて気付く。いつもなら「ｓａｋｕｓａｋｕ」が始まっているはずが、違う番組をやっている。日曜出勤って調子が狂う。

テレビ神奈川の「ｓａｋｕｓａｋｕ」は、ＭＣのカエラちゃんが無名のときからみていた。さらに前の、パフィーが司会だったころからみてるのは文男の自慢だ。

焼けたパンをベーコンエッグの皿に載せる。今日もチャンネルをあわせたけど、最近はあまり熱心にみているでもない。習慣のようなものだ。

「前はあんなに好きだったのに、今はそれほどでもないよね」私はコーヒーだけ呑む。

「まあねえ」文男は他人事みたいにいって、マーガリンの容器の、残り少ないのをバターナイフでかき集めている。

「カエラちゃんのせいじゃないけど、なんとなくね」文男は絶対に『最近は誰某もつまらなくなった』とはいわない。

　タレントでもバンドでも、人気が出るまでは応援に力が入る。どんな愛情も、半分は自己愛だ。まだ無名の存在を見いだした自分のことも好きなのだ。だから、人気が出て売れすぎてしまうとなんだか冷めてしまう。「最近はつまらない」とか「売れる前はよかった」なんていうのは簡単だけど、フェアな評価ではないということを文男は分かっている。

「このベーコンうまいね」

「スーパーじゃない、お肉屋さんで買ったから」

「駅ビルの地下の？」

「違う。橋を渡った向こう側の」家の中で指差すと、文男は律儀に首を動かし壁をみた。

「肉屋なんてあったか」

「うん」

ぶっきらぼうな肉屋のおじさんが、こないだ初めて私に冗談をいった。

「なんだか、あざといっていうか、俺達って人口の多い世代だから、あてこまれてるんだよな」文男は目玉焼きの下にある二枚目のベーコンを引っ張り出しながらいった。

「そうだね」さっきのコマーシャルについていっていると分かった。


実家の母も「ｓａｋｕｓａｋｕ」をみていたと知ったのは最近だ。電話口で母が「カエラちゃん」というとき、親戚の娘さんの話をしてるみたいだ。

「あの子がねえ、本当に立派になって、偉いねえ」という具合に。

「でも最近は、ぬいぐるみがジゴロウじゃなくなってガッカリ」なんてこともいう。

今度は若い歌舞伎役者の悪口いうみたいだ。

「ジゴロウも今のも、同じ声の人がやってるんだよ」

「そうなの？　それでもさ」

いつまでも不満そうだった。母は、番組の最後の「プリクラコーナー」に投稿したいとさえ思っていたようだ。

「投稿すればいいじゃない」

「あんたと一緒に撮ったのじゃないとつまらないじゃない」今時の、仲良し親子ってことだろうか。

「私はいや」

「ｓａｋｕｓａｋｕ」を最後までみていると電車に乗り遅れるから、いつも文男はプリクラコーナーをみることがない。

「パンに塗るの、これでおしまいね」文男はマーガリンの容器を傾けて示してみせた。

「分かった、買っておく」私はパンになにも塗らない。


「じゃあね」文男は玄関で靴べらを使う。

靴べらを使うんだ。初めて知ったときは、しみじみとみてしまった。結婚して初めて一緒に暮らして、驚いたことの一つだ。

「驚く場所が変だよ」とは、よくいわれる。

たとえば遅い帰宅の言い訳で「中学時代の友人とばったり会ってさ」などといわれると驚く。

「えっ」というと、文男は文男でけげんな表情になる。

ばったり会ったことではなくて、文男に中学時代があったということに驚くのだ。

そういうと、通じない。

「そりゃ、あるよ」憮然とされる。

「ないと思った」

「なくて、どうして今の俺がいるのよ」

「オギャーって生まれて、物心ついて、それからもう今のあなた」そうやって言葉にしてみるとおかしくて、いいながら途中で笑ってしまった。文男は出会ったときからはつらつとしていないから、若くてういういしい時期があったというのが信じられないのだ。

「じゃあ、もう今は老後なんだ、俺」

「そうそう」

「そうそう、じゃないよ」

自分のみていないものは、本当にはないもの。子供のころ、布団の中でそういう想像をした。アメリカとか遠くの大都市なんて、テレビや本には出てくるけど、本当は存在しないいんじゃないか。行き着くのはジム・キャリーの映画「トゥルーマン・ショー」のような想像だ。

この自分を取り巻く環境は実はすべて作られたもので、本当は周囲の全員が自分を観察している、研究か娯楽のための巨大な演劇のようなものだというような。

そう想像してみることは、そう疑うのとは違う。厭世的な気持ちでもない。電話で智美にいってみたら「旦那さんの、その言い訳は怪しい」と、別の話になってしまった。

「じゃあいってきます」平日よりも覇気のない声。

「はい」

私は靴べらを受け取ったり受け取らなかったりする。手をなんとなく出すと、文男は手渡す。私がぼんやりしていると、文男は靴箱の上に置く。

今日は受け取った。受け取っても、やっぱり靴箱の上に置く。

文男がいってしまうと、そのことがスイッチだったみたいに洗濯機を回して布団を干す。さっきテレビでみた（聞いた）から、久しぶりに小沢健二の曲をかけることに決める。本当は大ファンというほどでもなくて、うちにあるアルバムは「ＬＩＦＥ」だけ。文男も同じのをＭＤに録音して持っていた。

ともに暮らすということは、心と体だけが一緒になるのではない。趣味や好みが「物質」となって付随する。暮らす前からお互いの趣味は分かっていたけど、こうして合わさることでつくづく思うこともある。

お互い洋楽はほとんど分からなくて、持っていたのはいわゆる「Ｊ-ＰＯＰ」ばかり。文男にはいまだに洋楽コンプレックスがあるみたいだが、私は最初からなぜだかふっきれてる。歌詞が分かる方が楽しい。

二人とも好きだったのは真心ブラザーズ。同じCDが二組あっても仕方ないので、私の持っていた分は実家に置いてある。文男の持っているCDはどれもケースが割れていて、開けると蓋が取れてしまうのも多い。

(もうベッド購入は無理）寝室にしている和室は本とCDでいっぱいだ。壁一面に置かれた本棚の、その前に別の本が積まれてきている。

「ラブリー」って、七分以上あるんだ。やっとみつけたCDの歌詞カードに書かれた分数に、座ったまま驚く。

音飛びしませんようにと念じながらディスクをセットする。リビングに置かれたCDラジカセは文男の持ち物で、曰く「いつだって、最高にいいとこで音飛びする！」のだそうだ。文男のCDは扱いが悪くて、盤面に傷がたくさんついているからかもしれない。

久々に耳にするイントロ。するりと紐を解くように、聞いていた頃の気持ちが蘇る。記憶って面白い。それを忘れていたということと、実はそれを忘れていなかったということが両立してしまう。そういえば私の「紅白歌合戦」は、オザケンのあの常軌を逸したような歌いっぷりの後、もうどうでもよくなっている。こんなに軽やかに七分と気付かせずに聞かせるなんて、やはり大したものだ。

目の前に高層マンションが建つことになって日当たりが悪くなり、今年から家賃がさがった。布団を干すチャンスは——この季節の場合——午前中の三時間しかない。和室の窓の桟に一枚、ベランダの、ぎりぎり日が射す左端に一枚。

敷布団を抱え、サンダルをつっかけてベランダに出る。入口が二カ所ある、古い公団みたいな作りのアパートの、四階だての三階の端。すでに目前に鉄骨が組まれ、シートで覆われている。

それでも見上げれば建物のすき間に高い空。春なのに秋みたいだ。布団たたきは使わない。古い布団は地が裂けているから。上に無地のカバーをかけてごまかしているが、本当は布団ごと買い替えたい。

マンション建設のせいで、ビル風も強くなった。風が吹く時はどこかの桜の花びらが三階まで舞い上がってきて綺麗などと喜んでいたのは初めだけだ。突風で、Tシャツ干しが物干し竿からはずれてしまったこともある。

今日は風もない。干し終えた布団に両肘をのせ、建物の脇からの景色をながめる。

この世界がすべて嘘で、誰かに観察されているという想像は、実は今でもする。プリクラを娘と撮りたがる母も、靴べらもすべて嘘。まばたきの間に世界が真の姿をみせても、不思議じゃない。

そう知ったとき、どうするだろう。自分は「まあいいや」と思うような気がする。

寝室に戻る。残された掛け布団を畳んでみると、あらためて「土地」が狭まってい

ることが分かる。特に本の壁はいよいよ迫っている。海抜が低くて陸地の狭まってい
く島のようだ。また少し実家に持ち帰らないと。もうオザケンは別の曲になっている
が、久しぶりだからこのまま聞こう。ＣＤの取り替えも面倒だ。
　文男は、私に先駆けてｉＰｏｄを導入している。
「音、悪くないの」訊ねたら、「悪い」と笑っていた。
　お互いにまあまあ似た趣味ではあるが、パソコン上で「ライブラリー」を一緒くた
にする気にはならない。こだわりがあるわけでもなくて、面倒なだけ。文男は音飛び
のするあのラジカセを八年も買い替えてないと自慢するが、八年がなんだと思う。私
は中学時代に買った横長の赤いラジカセを今でもずっと使っている。実家に帰ると、
まだそれでオールナイトニッポンを録音したテープを聞き返したりする。

　電話が鳴る。リビングに行き、ＣＤラジカセのそばに寄って「一時停止」を押した。
リモコンは水に濡らして駄目にしてしまった。それから電話に出る。
「もしもし」母だと思ったら文男だった。母はいつも、これくらいの時間に電話をよ
こす。文男はかけるとしても携帯電話にかけてくるのだが。
　テレビの番組録画をしてくれという。
「えー」

コードレスの子機を持ったまま「テレビ部屋」へ移る。遊びに来た智美にはAVルームと呼ばれたが、そんな気取った言い方は恥ずかしくてできない。リビングの小型テレビは私ので、文男はここに引っ越してくる際に三七インチの液晶テレビと、最新のAV装置一式を買った。なんだか男の子だなあと思わせられたが、文男にいわせれば「四〇インチオーバーをどかーんと景気よく買えないところ、そこが俺という男の限界であり、かわいげでもある」のだそうだ。

「電話してて、仕事は大丈夫なの？」

「まあ、大丈夫。日曜だし」

これまで生きてきて、ビデオの録画というものをかれこれ二十年やってきているけど、新しい機種になるたびに面倒くささが増していると感じる。特にAVアンプというものが間に入って、ややこしくなった。チャンネルに、縦軸と横軸ができた。テレビゲームを遊ぶのもあきらめている。

「もういい、私ビデオつかわない」新しいリモコンの大きさとボタン数をみたとき、私はきっぱりといった。

「そんなふうに簡単に諦めるところから耄碌《もうろく》はやってくる」文男は厳かにいったものだ。

大きなリモコンをソファーから拾い上げる。

「リモコンに、入力切り替えってボタンあるだろ」電話の向こうの文男の口調は気遣っているようでも苛々しているようでもある。

「あ、あった」

「何度か押したら画面に『D端子』って表示が出るから」

「出たけど、別の表示になっちゃった」

「急いで押しすぎだよ」

文男がみたい番組ってなんだろう。

「D端子って表示が出たら、プログラムナビってボタンを押す」

「プログラム……もう、気持ちが挫《くじ》けそうだよ」ボタンのあまりの多さに、泣きそうな声を出してみる。

「歯を食いしばって頑張るんだ！」とたんに文男は熱血マンガの口調になる。

「う、うん」私たちは仲がいいよな、と、本当はすぐにみつけていたプログラムナビのボタンを押しながら思う。

「どう、あった、左上の赤いボタンの……」

「押してるけど、なんにもならない」

「テレビの方にリモコン向けてない？　今度はDVDレコーダーの方に向けるの」あ
あそうですか。

この大きなリモコンは好きになれないが、裏面の電池を入れる蓋のところは好き。スライドさせるとカチッといい感触で閉まる。文男も、ＤＶＤをみているとき、手に持って何度もカチカチと動かしている。

「『番組を予約しました』って」画面に表示が出た。

「よかったよかった」そういわれて釈然としない。録画されるのは私のみたい番組ではない。よかったのは文男だ。

電話を切ると入れ替わるように洗濯の終了したブザーが鳴った。録画予約にどれだけ時間をかけてしまったのだろうか。


靴下を裏返したまま洗濯機にいれるのは犯罪。裏返したまま干すとき、世界と自分というものを感じるのは大げさか。

悪意に悪意を、無関心に無関心をレスポンスしてしまっている、そのミニマムの状態が私と文男の間に起こっている。だけど裏返したのを戻して干せば、その手間に文男はきっと気付かない。文男の靴下は黒ずみを見越して、黒か紺色ばかり。そういう人だ。

「夫婦の問題解決は、なんでも話し合うこと」と誰かがいっていた。

結婚七年目の智美の、それに対する答えは「けっ」だった。

Ｔシャツはどれも大きくふってから干す。専業主婦になったら、漫画に出てくるグウタラ主婦のようにただただ、だらだら昼寝して暮らそうと思っていたのだが、私は二度寝ができないことに気付いた。上手な眠り方を教えてといったら母に叱られた。

午後、布団を取り込んで、買い物に出かける。下の階の玄関前に木の小枝がたくさん落ちている。

「まただ」つぶやいて私は、壁面をみあげる。２０１号室と２０２号室、二軒の間に設置された電気メーターの上にも、木の枝が数本載っている。

鳥が巣を作ろうとして、途中でやめていったのだ。昨年も、同じ跡を残した。素人目にみても――それも人間の目だが――電気メーターの上は、巣を置くのに狭すぎる。上階から降りてくる人間もおり、踊り場の高さから巣は丸見えになってしまう。

上階の電気メーターの上にはテレビアンテナの調整ボックスがある。鳥は鳥で舌打ちだろう。邪魔なんだよ、とかいって。

昨年、帰宅した文男も階段に散らばった木の枝を気にした。電気メーターの上には気付かなかったようだ。鳥の巣の失敗だろうというと文男は

「その鳥、感じ悪いな」などといった。

「なんで」

「幸福を運んでき、かけて、やっぱりやめたーって」文男の勝手な想像の中で鳥は青い鳥になってしまった。

「『嘘だよー、バーカ』って？」

「ババサババサーってね」

「うわ、腹立つね」

それにしても馬鹿だなあ、鳥。

道路を挟んだ向かいには立派な大木がある。そのへんにとまっているんじゃないかと枝をみたが、鳥の気配はない。

階段をまた一階分降りると、一階の電気メーターでも試した痕跡。馬鹿だなあ。去年と同じ鳥だったら、さらに馬鹿だ。携帯電話のカメラで撮ろうかと思い、やめて階段を降りる（今年も帰宅して気付くだろう）。郵便受けをすきまから覗くが、なにも入っていない。


遠くの、肉屋のおじさんにまた冗談をいってもらえるかもしれないと思ったが、今日いたのは若い男の子でがっかり。やはり日曜日だからか。

しかし「8日より社員旅行のため、13日までお休みします」という貼り紙をみつけた。これは気付かれないよう、携帯電話のカメラで撮ってしまった。そのまま近くのスーパーに入る。

　社員というのは、店の奥で立ち働いているおじさんたちや売り子も含めた全員だろうか。皆でどこにいくんだろう。あの若い男の子も一緒だろうか。楽しみだろうか。気づまりだろうか。牛乳をカゴにいれて、立ち止まる。

「パンに塗るの」を買わないと。注意深く品物をながめる。

　まだ「パンに塗るの」が半分くらい残っていたとき、文男がいっていた言葉を思い出す。

「知ってる。今使っているこれって、正式にはマーガリンじゃないんだよ」

「じゃあ、なんなの」

「ファットスプレッド」

「それは、なんなの」

「マーガリンの基準を満たしていないから、マーガリンって名乗っちゃいけないんだろう」

　ふうん。

「発泡酒ではない、『その他の雑酒』みたいなものさ」

「そうなんだ」男ってなんでそんなことを知っているのだろう。マシンじゃないけど、これも立派なスペックおたくだ。コンポジットの上にS端子が、D端子の上にHDM

I端子があることを、私は教わるまで知らず、文男は一人で知ってしまう。

「いや、別に高いの食いたいって意味でいったんじゃないよ」俺はなんだって嫌いじゃないぜ、食えれば。文男はあわてて言い足していた。

「分かってる」iPodの、MP3の音質で楽しめる人だ。iPodを持っていないけど、私もそう。家でもビールじゃなくて「生搾り」ばかりおいしく飲んでる。

喩《たと》えとしては分かったけど、ファットスプレッドって、じゃあなんなんだろう。売り場で見比べてみる。箱裏の小さな表記でやっと区別がつく。

マーガリンだって、そもそもなんなんだろう。人類はかれこれ何十年以上も無思考に漫然と、これを塗っているのだ（私は塗らないが）。大丈夫なんだろうか。

「……まあ、死にゃあしないだろ」文男がいいそうな言葉を呟き、売り場に置いてある中から、ファットスプレッドではない「品名・マーガリン」を手にとる。マーガリンだってバターの代用品のはずなのに、高そうで偉そうだ。容器も小さい。どれ、という勢いでカゴに入れる。帝国ホテルマーガリン。

それから三角コーナー用の水切りネットを探す。前に買ったのはサイズが小さくて、これは不覚だった。のびるから、どのタイプにもご使用になれますって嘘ばっかり。

食材を買って外に出ると空がやはり澄んでいる。さっきベランダで、春なのに秋みたいだと思ったが、本当に秋空のようだ。初めてのデートがこんないい天気だった。

二人ともその晴天と、遊園地とに照れていた。人からもらったチケットだった。

私たちは、いかにもデートっぽいね、そうだねなどと言い合って、メリーゴーラウンドやループスライダーに乗らなかった。観覧車には乗ったが交わした会話も景色も忘れた。今思い出せるのは文男のTシャツに「EVERYBODY SINGING LOVESONG」と書かれていたことだけ。汗かきの文男はTシャツ持ちだ。

次からのデートは大体ライブだった。文男はオーディエンスがいっせいに手をあげるときに——それは片手のときも、両手のときも——いつも恥ずかしそうにあげた。こぶしも、握っているといえない弱々しい感じ。

昨年活動を再開した真心ブラザーズのライブにも二人でいった。いいライブだった。会場の渋谷のライブハウスは、初めからおしまいまで夢のような歓声に満ちた。文男も、珍しく腕を力強くふりあげていた。情熱と衝動が混ざり合ったような歓声の響くその世界の、自分が一部だということに興奮した。

ライブにいくというのは、世界が本当にあること、自分もまた世界であることを確認しにいくようなことだ。私はいったことないけど、スタジアムにサッカーや野球をみにいく人もそんな気持ちなんだろう。

私と文男は幸福な気持ちで、月夜の道を歩いた。ライブ会場から出てくる人は大音量に慣れていて声が大きい。今、自分もきっと声が大きいだろうなと思いながら、喋るのをやめなかった。

私は、私以外のこの世界のすべてが本当は嘘かもしれないとときどき感じるということ。それから好きなバンドのライブで世界の輪郭をつかんだように感じること。どちらの自分も自分で、それは矛盾しない。しないと思っている。

私はそんな風なことをいった。世界の輪郭をつかむという言葉をいうとき、私は手で宙をつかんでいた。

「……それが本当なら」うつむきながら文男はいった。

「それが本当でも」文男はいいなおした。私は文男をみた。その後にプロポーズの言葉が続いて、私は素直に感動した。

プロポーズの言葉自体よりも、いいなおしたことを覚えている。きっとそのとき、立ち止まったから。意志は、その動作にもう宿っていた。

橋の上で携帯電話が鳴った。今日はよく電話がかかる。買い物は最初に想定していたよりも多くて、両手がふさがっていた。出る前に切れた。智美からだった。かけなおしてもいいけど、後でもいいや。

出かけるときは空だった郵便受けに、なにか入っている。両手に持っているから、できれば開けたくない。二階に住む、ランドセル背負った男の子が「こんにちは」といいながら脇を過ぎていった。

「こんにちは」大事な手紙ではない、きっとピザ屋の広告かなにかだろうと踏んで、ポストは開けずに後を追う。上方でかんかんと元気よく階段をのぼる音が響く。

「ただいま！」いつも、今どき珍しい元気な声で家に入っていく。文男は多分まだ一度も聞いたことがない。挨拶も明るくて、スレてなさそう。文男しか知りえないことと、私しか知りえないこととある。

エレベーターなしで三階までのぼるのには慣れたが、いつか子供が出来たらさすがにしんどいかもしれない。

「その前に、ぎっくり腰とかになったら、それだけでもう上り下りできないな」文男はいった。あの答えは、はぐらかしたのだろうか。私も問いかけたつもりではなかった。子供を作るか作らないか、まだちゃんと話し合ったことがない。

さっきのあの子も、自分の家の前に散らばった木の枝を気にしただろうか。電気メーターの上に気付くといいけど。当然だが、二階の扉はもう閉じられていて、ついさっきのうきうきした発声の名残りのようなものを勝手に感じながら、さらに上への階段をのぼる。

（今どき珍しい元気な声、なんていっても、今どきの子供のことなんか知らないけどね）鍵を取り出すために荷物を置く。

「セックスレスって、なってみるとなんだか深刻じゃないよ」電話の向こうで智美はいった。

「そうなんだ」浴槽の内側にスプレー式の黄色い洗剤をふきつけながら相槌をうつ。少し時間を置いて、あとはシャワーするだけでツルツルになると宣伝しているのだが、多分そんなに落ちない。

「あなたたちはまだ新婚だもんね」でも、少し置く。

「ん、でも私たちもそんなにしないよ」

プロポーズに感動したことを生々しく思い出すことと、今、二人が割にさめていることも、もちろん矛盾しない。

「えー、うそー」と智美はいうけど、意外そうでもない声音だ。彼女は高校の同級生だった。

七年前の彼女の結婚式のとき、私は受付を手伝った。ちゃんと、という言い方はおかしいが、式の最後で彼女は涙ぐんだ。披露宴の途中で突然スタッフ紹介コーナーになり（披露宴にそんな「コーナー」があることも私は知らなかった）、「受付をやってくれた」と突然マイクで紹介され、食べていたタルトでむせながらお辞儀をした。智美は白い手袋に大きなマイクを握っていた。その、むせたときの感覚を今も覚えている。私たちは結婚式をしなかった。

「ほんとほんと」

「またまたぁ」

彼女の声はいつも明るい。「セックスレス」とか「けっ」とか刺激的な言葉は出てくるけど、智美たち夫婦に「問題」があって、もしかしたら愚痴をきいてほしいのだという風に、私は考えない。愚痴や相談が出たら、そのときは聞こうと思っている。

「今あなた、お風呂の掃除してたでしょう」

「なんで分かったの」

「だって反響してたのが、普通の声になったもん」台所に立つのは後にして、テーブルのノートパソコンを開く。わーん、と起動音が鳴って、その動作も分かるだろうか。智美のブログを開く。何年か前、まだ専門学校に勤めていたとき、若い講師が「これからはブログだよ」としきりにいっていた。「ブログがくる」と。

本当に「きた」ので、最近になって彼のことを見直した。ただ、その講師のやっているブログはまったく賑わっていない。私もコメントをつける気にならない。この先生はいつもサスペンダーをしていた。

「更新した?」いいながらトラックパッドを指でなぞり、智美のページを表示させる。

「なに、私のページ?　いいよみなくて」向こうからは水道を流す音。家事を始めたみたいだ。

前にみたときは花見の話題だったが、漫画の感想になっている。

「あの漫画、もう読んだんだ」

「うん、なんかさあ、面白いといえば面白かったんだけどね、脇役がいきいきするのはいいんだけど、そのキャラクターを大事にし過ぎないでほしいなあと思った」同じような主旨の言葉がすでにブログにも書いてある。

「あー、分かる気がする」

「筋書き的にいなくていい人が、いつまでもなんだかいる。そうなると駄目なわけよ」

「ドラゴンボールのヤムチャみたいにね」読書日記をおしまいまで読み終えて、キーを叩きながら私はいった。

「そう、それ！　いうなればヤムチャ状態よ」

『ドラゴンボールでいうならヤムチャですね』今いったのと同じコメントを書きかけていたので、そのまま送信してしまう。私たちはなにをやってるんだと思いながら立ち上がる。ご飯を冷凍庫から出しておかないと。

「あなたもブログはじめたらいいのに」数年前にも講師にすすめられたとはいわずに「いいよ、やめとく」とだけ答える。私が毎日つづく平坦な暮らしで感じるほとんどのことは、誰にも伝えなくていい。木の枝のこと。肉屋の貼り紙のこと。桜が咲きそうなこと。全て、世界中の誰にもいわなくていい。だけど、文男には話すだろう。いわなくてもいいことだけど、いってもいいから。たまたま出会った文男には、ただ話すだろう。

「あ、今あなた、コメントつけてくれたでしょ」電話の向こうで笑っている。智美もいつの間にかパソコンを起動させたのだ。


文男は平日よりも早い時間に帰宅してまず「鳥が」といいかけたが、私がフライパンで炒め物をしているのをみると、そのままテレビ部屋にいって、録画がうまくいっていることを確認したらしく、また戻ってきて、サンキューサンキューサンキューと大声で繰り返した。炒め物を皿に盛る。

「きたね、鳥」

「きたな」文男は着替えを終えリビングに戻ってきて、ラジカセのボタンを押した。オザケンが途中から流れ出して驚く。昼間からずっと一時停止だったのだ。

「なるほどね」

文男はなにがなるほどなのか、そんなことをいって、愉快そうな顔をした。私はなにかを見透かされた気持ちで、菜箸をもったまま

「そうだよ」と返した。文男が着替えた新しいTシャツの胸には大きく「FINE」と書かれていた。

海の男

木造モルタルのアパートに戻ると、ドアノブにスーパーの白い袋がかかっていた。ごっそりたまっていた郵便物の束を脇の下に挟み、袋をのぞき込むと筒状のポテトチップスとか缶ビールとか入っている。薄い扉を開けて部屋に入り、ビールの裏をみて、いつごろ来たのか推し量ろうとしたが六桁の数字をみても見当が付かない。大学ノートをやぶいた手紙も入っていた。

『原田です。親の車で寄りました。またきます　090－xxxx－xxxx』

親の車？　郵便はほとんどが請求書の類で、そのやぶいたノートが不在中、唯一の私信だった。なぜ来たのか、どうしてこの住所を知っているのか、そういったことは書かれてない。ここまでの移動手段だけわざわざ書いてあるのを不審に思いつつ、家を出て近くのコンビニに向かった。未納代金を支払うとPHSがすぐに通じるようになったので、帰り道で立ち止まり、尻ポケットにねじ込んでいた大学ノートの切れ端を取り出す。

ぜろ、きゅう、ぜろ、の……。紙をみながら携帯電話をかけるのは爺みたいだと思いながらボタンを押す。

電話をしてみたのは、少し前に原田の名前が会話に出てきたからでもある。バイト先で店番していたときに、大学の同級生と再会した。世間話の中で彼がその名前を出した。そのとき僕は目の前のその同級生の名も思い出せず、そいつが原田だろうと思ったぐらいで、それくらい原田への思い入れは薄いのだ。

そんなことがあって、家に戻れば書き置きがあった。運命的というのは大げさだが、とにかく書いてある番号に電話をしてみたら、原田はおぉ、おぉ、お前かぁと早口でいった。その早口で、忘れていた原田の印象が脳裏にわき上がってきた。原田は「おぉ」と「うそっ！」の男だ。

「おぉ、元気かー？　死んでるかと思ったよ」本当に驚いたという感じでそういった。

「そうか」

「着信が090じゃなくて070ってところが、やっぱりおまえらしいよなぁ」

「ん」

「着信の画面みて、誰だよ今どきって一瞬思ったけどさあ」原田も原田で、僕の印象をこの電話から摑み直しているみたいだった。大学時代の自分なら、ここでなにか力説したかもしれないな、と思う。PHSの方が音がいいんだとかなんとか。もっとも、我々が大学生の頃、まだ携帯電話は普及していなかった。お互い知らない場所で、別々に生きてきたはずだが、こうして似たような器械を当然のように持ち歩いている。

「久しぶりに呑もうか」気軽に口にしてみて、すぐに変だなと思ったのは、彼と酒を呑んだ記憶がまるでないからだ。ビールがぶら下がっていたということは、原田にも呑む気があったということだろう。

「おぉ、いいねいいねー」そうそう、こういう返事をする人だった。女の子がひいちゃうような高いテンション。ひいちゃう、なんて言い方は当時まだ広まってなかったけど。

「久しぶりに呑もうといってみたけど、おまえと一緒に呑んだことってないよな」

「そうだっけかー」大学時代、僕は暗かった。原田に限らず誰と呑み明かしたことも、ほとんどない。学食で飯を食ったことはある。ハンバーガー屋とか、そういうところで飯を食ったことも。

「どうせならさあ、釣りいかない」原田の早口の語尾がわずかにあがって、疑問形と分かった。

「原田って、釣りが好きなんだっけ」

うそっ俺、前も誘ったじゃんか、米原と河野と千葉の方に川釣りにいってさ、おまえも来るかって聞いたらうーんとかいって結局当日も三十分待ったけどこなかったじゃん……。

「あ、じゃあいくいく」早口をこれ以上聞いていると、だんだん会いたくなくなるような気がして、急いでいった。

「じゃあさー、急だけどさー明日はどう」俺、明日が休みなんだよ。あっそう。鉄階段をのぼり、家に着いた。

「どうしようかな」少し考えるような声をあげたものの、明日予定があるわけではない。だったら迷うことはないのだが、躊躇した。鍵をかけずに出たので、そのまま室内に入る。ドアノブにかかっていた原田の白い袋が床に落ちていて、蹴ったら動いた。

「じゃあ、いこうか」僕はいった。

原田は釣りの格好が似合うなあ。会うなり深く実感する。横浜駅西口の広い改札で待ち合わせをしたが、行き交う人、立ち止まっている人の大勢いる中で釣り人の格好をしているのは原田だけだった。まだ駅なのに、もう濡れても平気そうなジャンパーとベストを着ていた。クーラーバッグを肩から提げて釣り竿のケースを背負っている。

そんなに、と思う。

少し前にコスプレの人と同じ電車に乗り合わせた。どこかの会場で披露するのであろうそのフリフリの格好を、もう電車からみせていた。家を出るときからもうプレイは始まっているのか。

「おぉ。久しぶりー」僕の顔をみて、原田は笑顔になった。

もちろん、コスプレと釣りは違う。ラフな格好で出向いて、海までたどり着いてから着替えをするとしたら、その方がおかしい。だけど。

「そんなに釣りだったんだ」変な日本語になった。

「えーなんでー、釣りにいこうっていったらお前いくっていったじゃん」どうやら通じたみたいだ。

「そこまで釣りだとは思わなかったから」僕は手ぶらだった。

「あー、帽子忘れた」原田は、しまったという表情でいった。だが、つばのついた、いかにも海釣りの人風の帽子をしっかりかぶっている。

「竿からなにから、全部二人分もってきたのになー。帽子持ってきてあげればよかったな」

「俺の分か」

ないと、大変なことになるんだろうか。横浜の駅前は歩道が広く、視界に入る建物はどれも真新しく、明るい雰囲気。原田の誘導で、バス乗り場まで歩く。平日の午前中。バス停にできた行列の中で釣りの格好はやはり原田だけだった。他の乗客の格好は地味で、観光という風ではない。十人かそれくらい、背の低い、おばさんが何人か混じっている。

　列の最後尾につくと、おばさんたちにみられる。原田は「腹減ってないか、俺は食ってきたけど」とか、のんきに話しかけてくる。今日、ここにきてよかったのか、悪かったのか、どっちなんだろうかと考え始める。原田のことを夕べからどんどん思い出すうちに気付いた。「印象が薄かった」のではなく、努めて原田のことを記憶から遠ざけようとしていたのだと。

　十年くらい前、ハンバーガー屋の小さなテーブルで向かい合っていたとき。原田はチーズバーガー二つとコーヒーを頼んだ。いつも同じ注文だった。

「原価と売値を比較計算すると、チーズバーガーが一番得なんだぜ、知ってた？」とあるとき教えてくれて、それでなんだか一緒にハンバーガーをかじる行為自体がさもしく思えてきたのだった。嫌な奴じゃないし、害もないのに、一緒にいて冴えない気持ちになったのだ。

「そういえば、なんでうちの住所を知ってたの」気になっていたことを一応たずねる。

「うそっ」原田は唾を飛ばしていった。原田のうそっ、は常に装填されているかのようだった。

「おまえって本当に忘れるのな、冷たい奴だよねー」

「うん、思い出せない」

「いつかおまえに年賀状出したいから住所教えてーっていったら教えてくれたじゃんよ」

「いつ」

「覚えてないの」まじでー。原田は楽しそうに呆れる。なぜ楽しそうなのか分からない。

「卒業してすぐにあったサブローの結婚式でさー」

「あぁ、そういえば」五年か六年くらい前のことだ。フカヒレって、カタマリよりも散らしてある方がオイシイナ、と思った記憶だけあって、その席に原田がいたことを忘れていた。

自分は暗くて友達なんて一人もいないつもりでいたが、その一方では誰かの結婚式なんかに出ている。ブラック・ジャックが孤独を好む言動をするわりに、同窓会や結婚式に律儀に顔を出すのを不思議に思っていたが、自分だって人のことはいえない。

「いや、あのときおまえの住所を一目みて、I通りを都心と反対方向にずっといったところの五叉路のそばだってすぐ分かったんだー。おやじが職場にいくときの通り道だったしさー」親のことはノートに書いてあった。ふうん。自分の住む近所の道を、住んでいない人の方がより詳しいということが、なんだか不可解に感じられるが、一応納得してみせる。

　バスがやってきて、乗り込む。原田はクーラーボックスと並んで、僕は一つ後ろの、二人掛けの席に座る。バスは横浜の市街をゆく。真新しい高層ビルや観覧車が遠いのか近いのか分からない大きさでみえる。それらが角を曲がってみえなくなったり、また現れたりするうち、旅をしているような気持ちが突然わいた。

　原田と会うということ以前にバスという乗り物が久しぶりだ。バスに乗ると気持ちが高揚するのは、視座が高くなって少しだけ景色が日常でなくなるからだ。

　窓外に海がみえてきた。首を伸ばし、前の座席の原田を覗き込む。原田は膝の上にポータブルCDプレーヤーを取り出して、中のディスクを取り替え始めた。なにを聴いているのか。今はもうMDプレーヤーどころか、もっと小さな再生機器もあるみたいだけど、音質にこだわっているのか、それとも最先端についていけないのか。僕も原田も、そのどちらもあてはまりそうな世代だ。取り替えるディスクの入ったポーチは蛇腹のように開き、ディスクは裸のまま収納されている。

　高速道路のような幅広のような道をゆくうち、そのまま海に差し掛かった。向こうにベイブリッジがみえ、海面が陽光を反射してまぶしい。

「目を閉じて何も思わない夏の昼だった」

　そんな歌詞を思い出して、原田の聴いているCDをたしかめようと立ち上がる。立ち上がって、よろける。

「なんだー」ヘッドホンを耳にあてた原田は、大声をあげて振り向いた。なにきいてるの。えー。なにきいてるの。原田はヘッドホンを片方外して

「え」と尋ね直した。

「なんでもない」大声でいって、腰をおろす。座席の背についた黒くて硬いゴムの持ち手を摑む。エンジン音が大きく、少ない乗客は我々の会話を気にとめた様子もない。

原田は返事の代わりか、残りのディスクの入ったポーチを後ろ手で渡してよこした。いわゆるジャンクションのようで、道は大きく長くカーブしている。横手にみえる高架道路、あれがこれからさしかかる道だと不意に気付く。自分たちのバスは今からたった数十秒かそれくらいの未来に、あそこを走っている。信じられず、ずっと眺めてしまう。

軽い遠心力に引っ張られるのを意識しながら、きて良かったのかどうか、まだ判断がつかずにいる。

バスの窓は大きくとられていて、後ろも前も大体見通すことができる。なんだ、観覧車なんかいらないじゃないか。遠心力の中で思う。やはり、きて良かったんじゃないか、とも。僕も、音楽をもってくるんだった。

学生の頃、どこにいくにもヘッドホンステレオを欠かさなかった。原田はそうだっ

ただろうか。

カーブが終わり、年季の入ったゴムの持ち手を離した。反対側の窓に、さっき通ってきた道がみえる。道理だ。原田から受け取ったポーチの、三方にかかったファスナーを開く。蛇腹は薄いビニールで、ディスクは全て邦楽。自分で編集したらしい、盤面にサインペンで書かれたCD－Rもある。

ジャンクションを抜けたバスは市街地でも遊園地でもない、コンテナ置き場のような地帯を走る。なるほど、港の側だものな。コンテナは二重に積み上がり、一つの大きな建物みたいにもみえる。窓こそないが、コンテナの下にはフォークリフトの歯を差し込むための――なんというのかは分からないが――四角い枠が並び、扁平の窓のようにもみえる。

なるほど、と思ってみるが、見慣れぬ物に囲まれて落ち着かない。

「次はT4バース」女性のアナウンスが停留所を告げる。なんだろう、T4バースって。チャイムが鳴り、紫のランプが灯る。降りる人がいるのだ。おばさんはパートだろうか。まさかコンテナを運んだりするのではないだろう。ここで乗り込む人もいた。スーツの上着を脱いで手にもっている。

いつの間にかバスはしんとしていた。バスの外の気配もだ。対向車も、歩く人の姿もない。

「がらんとしてるな」口にだしてみた。

「次の次の次で降りるよ」原田はいつの間にか音楽を聴くのをやめていた。バスはこら一帯を巡回するように曲がった。

「次はT6バース」女性の声が告げた。またチャイムが鳴る。T6バースという言葉と、降りる人の風貌がしっくりきていない。

「海釣り公園」のバス停に降り立つ。僕は手ぶらで、原田は釣り人の格好で。公園といっても遊具は見あたらず、刈り込まれた芝生に変なオブジェみたいなのが点在している。

「人けがないね」のびをして、見回して、いってみる。

「まあなー、平日だしなー。でも、いつきても必ずいるよ、釣りしてる人ってさー」

荷物持とうか。やっと気付いていってみるが、原田はいいという。実際、大きいが重そうではない。芝生の狭間のゴルフ場のカート用の道みたいなところを歩いて建物に向かう。ゴルフ場にいったこともないのに、そんな風に感じているのは変だ。

「原田は、今なにやってるの」夜道で電話をかけたときも、改札で出会ってもなお浮かばなかった質問が、平日という言葉で不意に口から出た。

「今はね、今は猿の飼育係やってる」と答えた。へぇ。釣り用とは異なる飼育係の帽子をかぶり、小さな猿になつかれて肩に乗られ、掌のピーナッツを取られそうになって「よせよー」などと笑っている原田を想像した。

「今はってことは、その前は？」

「実家の陶芸教室手伝ったり。おふくろがさー、ずっとやってて大学のころから手伝ってたこともあるんだぜ」

「実家ってどこだっけ」遠くの、テトラポッドの前でカップルが手をつないでいる。

「和光市だよ、東上線の、あれ、いったことなかったっけー」いったというのは、現地にという意味か、教えたという意味か。どちらの記憶もなく、首をふる。

「うそっ、まじでー」

なんの建物か分からぬまま中に入ると、照明が切られていて暗かった。釣り用の突堤にいく前に、ここで入場料を支払う仕組みらしい。券売機で大人二枚を購入する。大物を釣り上げた人のポラロイド写真が壁にびっしりと貼られていた。

反対の壁には飲料とアイスクリームとカップラーメンの自動販売機が並んでいる。飲料のは煌々《こうこう》と照っていて、カップラーメンのは古ぼけている。昔一度だけ乗ったフェリーを思い出した。港や船の中の自動販売機って、なぜ寂しいのだろう。ここは港じゃないが、そう思う。

受付で切符を確認してくれたおじさんは、その人自身が半ば釣り人という気配があった。原田はすたすたと歩いて突堤に出る。

海だ。鉄柵に囲まれた突堤のすぐ向こうに大海原がある。砂浜の、波打際からだんだん海になっていく感じではない、いきなりだ。足元を見れば、金網の下に海水がみえる。

突堤には、釣り人が何人もいた。皆、原田と似た格好。帽子が必要というのも分かる日差しだ。

縦長の場所に散っているから一人一人の様子は比較しにくいが、ほぼすべて男性で、老若混ざっている風だ。

駅のホームを歩いているようななにげなさで歩き、乗車位置もなんとなくそこ、というように原田は立ち止まった。そして、中央にある、これも駅のホームに備え付けられているようなベンチ——でも背もたれはない——にクーラーボックスを置いた。

目の前を過ぎるのは電車ではなく、船。あれはたしか、タグボートだ。小さいけどとても力持ちなんだ。船の図鑑に書いてあった。

「ここは海鳥の鳴き声がしないね」

振り向いていうと、もう原田はしゃがんで釣り竿をすっすとのばし始めていた。

「のびるねえ、竿」

「おまえの分も持ってきてやったぜ」竿はみるみるのびて、みあげると糸がかすかにきらめいて揺れている。

「餌はこれ」手の中の半透明プラスチックの、大きめのピルケースみたいなのに餌がうじゃうじゃと入っている。みつめていると「イソメ」と教えてくれた。

食いついたら戻れないようにかえしのある針は、容赦のなさというものが具現化されている。目にするどれもこれもにいちいち感心して、ははあと声をあげていると
「餌つけてみるか」といわれる。

「とんでもない」

「えー簡単だぜー」そういえば原田は「だぜ」という男だった。鼻声で、語尾ものびるからあまり重みのない「だぜ」。

「どれ」しゃがみこみ、ひょろながい虫をつまむと暴れて指にからみついた。原田は針の奥深くまで虫を通し終えていて、見本としてみせてくれた。虫の胴体は針と同じハテナ型になっている。

「そんなに奥まで通すんだ」

「そうしないと餌だけ食いちぎられちゃうからさー」

針の先をきちんとつまもうとして、いきなり指先に刺してしまう。すぐに血が丸く浮かんでくる。ぺろっと舐めとり、さっきから別の指にからんでいる虫を、ふってなんとかしようとする。針の入口に刺すと向こうはさらに暴れる。そのうちにちぎれて

金網をすりぬけて、胴体が半分くらい海に落ちてしまった。じっとしていればよかったのに、と理不尽なことを思う。

「もういいや」出来ないからではなくて飽きたという調子でいって、原田につけさせる。

「どれ」原田は馬鹿にする風でもなく、二つ目の針に淡々と虫をつけはじめた。指の傷が深いかと思ってみたが、かすかに赤いだけで、血がどくどく出てくる様子はない。

「海っていいな」自分のことをわがままな女の子みたいだと思いながら、立ち上がってまた見渡す。本当に日差しが強く、汗ばんできた。なんで日傘くらい用意しておいてくれないの、などと思いはじめる。

「今年の初めにもいったけど留守だったな、おまえ」

「だって半年くらい空けてたもん」

「うそっなんで。半年もなにやってたの」虫をはてなの形に押し込みながら原田が尋ねる。

「別になにもしてないよ」

「余裕だなー」僕の竿も準備ができあがったようだ。原田の分はもう鉄柵にたてかけてある。

「余裕ってことでもなくて」

「働いてないの」

「少し前まで知り合いの店の手伝いしてた」うそっ。原田はいいながら竿を手に持った。

うそっと驚く理由が分からない。口癖と分かっていたが、戸惑う。僕の側にも、言葉を濁して思わせぶりにするほどの何物もない。恋人と別れたとか、別れてみたら途端に無気力になって、前から軋轢《あつれき》のあった会社をやめてしまい、女にやり直してくれといいにいったら決定的な言葉をいわれた、とか。起きたことに含まれる悲しみの質も量も、月並みなものだ。

それなのに自分のことを問われてはぐらかしてしまうのは、これはオタクだ。なにかを執念深くコレクションしたり、偏った知識を身につけたり、非社交的になったり、そういうことと別に、相手に自分のただ者ぶりを知られまいと無駄に用心するのが、オタクという生き物だ。目の前の原田より有利な自分でいたいという、どうでもいいプライドでしかない。

「こう投げる」原田が竿をふる。剣道の面みたいな感じかと思ったが、なんとなくパイ投げのようなフォームだった。リールがいい音をたてて回転する。

「着水したら、重りが沈みきるまで待つ」なるほど。しばらくして、投じた竿をまた柵にたてかけた。僕は隣の竿を手に取った。

「こんな風？」垂直にたてる。

「あ、上にふるとき、竿に糸がからまないように気をつけて」といわれたとき、もう上でからまっているみたいだった。気をつける間もなかった。

「貸して」いわれてすぐに原田に返す。長くのびた竿を慎重に寝かせる。悪いね。

「いいっていいって」原田はかがみこみ、からまった糸を丁寧にもどしている。

目の前の鉄柵に釣り竿が二本、たてかけられた。少しも動く気配がない。あとで誰かに、この日なにをしていたかと問われたら釣りをしていたと答えてよいものやら。

「訳もなく半年間も家を空けていたわけ」信じらんねー、と原田はいう。

「長期旅行みたいなものと思えば、大したことないでしょ」それにしても半年も不在だったのか。自分でいってみてそんな気がしない。ただ、気付いたとき、たまたま半年だった。

不倫じゃないの、好きになった人にたまたま奥さんがいただけなの。そんなフレーズが浮かんで、海に目をやれば巨大な船が視界の端に現れ始めた。

「そうだ、俺、写真もってきたんだけどみるかー」

「ん」クーラーボックスからコンビニの白い袋を取り出してきた。白い袋の下にちらっと、ドアノブにさげていたのと似た感じのポテトスナックがみえた。原田は袋をがさがさとあけて、緑色の太い輪ゴムで束ねられた写真を取り出した。

「みてもいいけど、俺、写真みてなんていえばいいか分からないから、棒のような感想になるけど、それでもいい？」

「ははっ」まじめにいったのにウケた。ちらっと竿をみるが、二本とも動かない。視界の端のタンカーのような船が少し大きくなった。

「これ、誰」束ねた写真の一枚目は若い女性のものだった。

「うちの陶芸教室の生徒さん」

「へえ綺麗だね」いいながら、それよりポテトスナック食わない？　といいたくなった。ビールも欲しくなる日差しだ。

「あ、でもその写真よりねー、こっちで撮ったやつの方が綺麗なんだ」と、携帯電話を取り出して、ぴっぴとボタンを押し始めた。

原田が画像を探しているうちにあたりを見回すと、動かない釣り竿のそばで携帯電話の画面をみつめている人がけっこういる。あれ、出てこないな。消しちゃったっけ俺などといっている。大きな汽笛が鳴った。

「映画に誘ってみたんだけど、また今度っていわれてさー、来週また誘うつもり」

原田が携帯電話から顔をあげないので勝手に写真をめくると、深皿や丼の写真が何枚かつづいた。その子が作ったのこれ、と尋ねると、ああそれは俺の作品、おまえにも作ってやるよといわれる。

「あれは放っておいて大丈夫なの」竿を指さすと、立ち上がって近寄り、少し持ち上げて、なにか感触をたしかめたらしく、また元通りにたてかけた。

「実家の陶芸教室にわざわざ自分も通っているってこと？」

「通っているっていうか、だってうちだもん」といって、携帯の画像は諦めたようでポケットにしまった。

そうか。僕はクーラーボックスの奥にみえていたカップラーメン状のポテトスナックを勝手に一つ取り出した。ビールはないらしい。

一人暮らしじゃなくて、実家に住んでいるんだ。かっちりとあうピース。原田のさまざまな印象について、一つ合点がいった感じがする。

「これもらうよ」蓋を半分までめくって、やはりカップラーメンみたいだと思う。

「ああ、一つおまえの分だから、食って食って」なるほど、本当に帽子以外はすべて用意してくれたのだ。

次の写真は皿に盛られた料理。

「これはねー、伊豆の海で鰻を釣ってさー、さばいてさー、旅館の人に料理してもらったんだー」

「鰻をさばけるんだ」すごいね。鰻って海でとれるのだっけと思いながら、棒状の、フライドポテトのようなスナックを二、三本頬張る。

「えー、そんなに難しくないぜ。すげーうまかった」その海でウニをとった話をはじめた。次の写真はまた女の子。「沖縄にいったときの写真」で、「現地で出会った女の子二人組」だという。その子らとは「メールアドレスを交換」したが、両名とも「遊んでそうな感じ」だったから、結局連絡しなかったという。

「へえ」

ぼりぼり食べ、一つ一つに相槌をうちながら、自分が少し年をとったと思う。丸くなったというか、学生時代よりずっと親切になってしまった。

「あの船速いね」視界の端にあると思った船は、スターウォーズの冒頭の巨大宇宙船のような現れ方だったが、巨体に似合わぬ速度で斜めにつっきっていこうとしていた。

沖縄編が終わると次は『同じ職場の女の子』編になった。実際、持ち込んだ現像所がそこから違うのか、写真の表面がツルツルになった。普通、女性の写真をみせられたら彼女？　とでも尋ねるところだが、三枚目（四人目）で、さすがにもう彼女はないだろう。そうすると、ただの女性の写真をなぜ僕にみせようとするのか。

職場の女の子は白衣をきていて、これが一番かわいいと思った。動物園専属の獣医さんだろうか。ポテトスナックはどんどん進んで空になった。原田の分のスナックも取り出して、説明に相槌をうちながら勝手に開ける。

「原田って、動物好きだったっけか」釣り好きで、飼育係か。原田のために開けてあげたようなふりで、スナック菓子の口を原田の方に向けつつ、どんどん自分で食べる。

「いや、そういうわけでもないけど」いいながら原田は写真の子を熱心にみつめている。

「じゃあなんで動物園の飼育係なんかやってるの」

「動物園じゃないよ」

「え」

「製薬会社とかで、新薬の実験をするだろう」

「うん」

「その動物実験につかわれる猿だよ」

「あぁ」なぜだか驚く。それが素敵な職業なのか冴えない職業なのか、とっさに判断がつかなくなる。とにかく心中の、『じゃれて肩によじのぼり掌のナッツを奪う小猿をくすぐったがる原田の図』は褪せてしまった。

「じゃあ、つまりその、原田は製薬会社に勤めてるんだ」

「いや、俺は正式にはそうじゃなくて、バイトみたいな感じ」でも、この子はエリートなんだよ。写真をさして弁護するみたいにいう。

「この子は誘ってみてないの」

「誘った」
「誘ったんだ」抗議のニュアンスがあると思ったか
「だってさー」と口をとがらせた。続きがあるかと思ったがなにもなかった。原田も
僕がなにかいうと思ったみたいだった。
　受付のおじさんがやってきた。少し前からこちらに近づいてきていたのだ。釣り人
になにか尋ね、手に持ったボードにボールペンを走らせていた。我々の順番になって、
おじさんは釣果《ちょうか》を尋ねた。
「だめっすー」
「今日はでも、四〇センチのクロダイが出たよ」おじさんははげますようにそういう
と、クリップつきのボードに留められた用紙にボールペンでナシ、と記入して、奥の
釣り客のところに歩いていった。
　大きいと思っていた船は、さらにみるみる遠ざかる。海面に白く大きな航跡を二筋
広げながら。
「船って速いよねー」さっきの僕の感想と同じことをいう。
　ポテトスナックのせいで喉が渇いた。金網の真下の波の揺れをみつめ、契約を復帰
したばかりのPHSを取り出す。午後一時だ。原田は立ち上がり、釣り竿のリールを
巻き始めたが、かかったという様子ではない。

「おまえさー、『バハムート戦記』の真のエンディングみたか、俺みたぞー」リールを巻きながら原田はいった。

「なんだっけそれ」ゲームだよ、ゲーム。そういえば原田はゲームの類がやたらうまかった。折りたたみの将棋を広げて、クラスメートを打ち負かしていた光景を思い出す。

「一緒に、映画を観にいったっけな、『ブレードランナー』」自分から話してみた。

「いったいった」原田はなおもリールを巻いている。ちりちりと小気味良い音がする。もう何度目かの「完全版」だったか「ディレクターズカット」だったか、コマ劇場の近くにいった。ラストシーンの意味がまったく分からなかったが、原田がすべて理路整然と説明してくれた。

「だからさー、ハリソン・フォードも実はレプリカントだったたってことだろうー」

「ああ、そうだったんだ」

「うそっ、分からなかったの?」ニブい奴、とからかわれたが、腹も立たなかったし、原田のことを明晰だとも思わずにぼんやりと帰宅した。

『ブレードランナー』の筋書きがきちんと分かって、鰻を自らさばき、素もぐりでウニをとる男が今、目の前にいてリールを回している。

いったんもどした釣り針の、虫はまだ胴体が半分くらい残っていた。

「食われたの」

「いやー、どうだろう」原田は虫の半分を上手に取り除き、金網の間に捨てた。竿を慎重に横たえ、また上手に新しい虫をつける。

その仕草をみていると不意に、脈絡もなく、原田は童貞だろうと思った。

一人で旅行もして、自ら鰻をさばき、素もぐりでウニをとり、釣り針に生きた虫を上手につけられるのに。

原田は童貞なのと、今ここで素朴に尋ねられるだろうか。意地悪な響きに聞こえないだろうか。それは本意ではないが、尋ねるべきではないとも思わなかった。うそっという普段の反応の大きさからして、針をさわっているときは尋ねないでおこう。

原田は竿を持ち上げて、またパイ投げのようにふった。無論手付きはパイ投げとは違うし、ためてから放るまでのヨイショという感じは、野球のボールを放るときとも違う。竿をたてかけて、ベンチに戻る。

「原田は童貞なの」と尋ねたら、原田の返事は予想外に早かった。

「実はそうなんすよ」照れ臭そうにいった。いって、僕の方に向き直った。

「それは、そうか、そう」予想通りの返事だったのに言葉が続かなくなった。パンドラの箱を開けてしまうってのは、開けるまでの期待と不安をふくめて、こんなだろうか。

しんみりしても、笑ってもいけない。ああそういいながら隣に座り、ズボンの太もものあたりをごしごしこすったりした。

「前さあ、うまくいきそうだった子いたじゃん」原田は咎《とが》められて弁明するみたいに、勝手に話し出した。

「ええと、そうだっけ」

「話したじゃんかー」前っていつだろう、うまくいきそうだったって誰がだろうと思いながらスナックの残りを食べる。

「それで、そんとき俺さあ、別の子からなんとなく付き合ってくれないかっていわれたことあってさあ……話したよね、このこと」

「ああ、うん」そうだ。大学生のとき、原田は「一番得な」チーズバーガーをかじりながら、すごく綺麗な子の話をしてくれた。まだ携帯電話で写真なんて見せられなくて、でもとにかく『うまくいきそうだ』と、たしかにそういっていた。

ハンバーガー屋のテーブルは小さくて、店そのものも大きくなくて、僕は、そういえば今と同じようにポテト（スナックではなくて、フライドポテト）を食べていた。

遊園地とか、映画とか、デートなら付き合ってくれる。だけど、最後の決定的なところで、いつも答えをはぐらかされる。うまくいきそうだけど、でもどう思ってるのか分からない。そんなことを繰り返しては悩んでいた。

そのとき僕は、もうそのころ既に時代遅れだった「アッシー君」という言葉を思い浮かべて、それなんじゃないのと原田に言おうかどうか迷っていた。どこそこから電話があって、車で迎えにきてっていうから駆けつけたというエピソードが、そのまんまじゃないかと思ったからだ。

「それでそのときはさあ、その子のこと特に好きじゃないから冷たくしちゃったんだけどさあ」

「その子って……ああ、『付き合ってくれないか』っていってくれた子ね」

「でも後から俺が好きなのはやっぱりその子なんじゃないかって思ってさあ。会おうっていったら、もうすぐ結婚するっていわれてさあ」

「はあ」口の隙間から、スナックのかけらが落ちた。原田は一口も食べない。

「それでもしあのとき、あの子じゃなくて、そっちの子にいってればなあって思うんだよねえ」

「はあ」僕は油の付いた手を、クーラーボックスの中のタオルで拭った。大海を前にしながら、暗く、不機嫌な、自意識過剰の、冴えない、二階のハンバーガー屋に、ずるずる引き戻されたような気持ちになる。実際、話題は、あのときからそのまま引き続いているではないか！　『年月』というやつは、一体どこにいってしまったんだ。

私、帰る！　立ち上がる女の子。おろおろして何もかも分からないままの原田。

針と餌のこととか、尊敬に足るはずの細々した印象が、ふうっと遠のいた。汗が額の脇から首筋に落ち、なんで帽子を持ってきてくれなかったんだ、という憤りが湧いた。

「その後、別の出会いはないんだ」唇の油もなめて、やっと僕はいった。

「うん」と原田はいった。

「沢村とかさー、風俗いこうぜっていうんだけど、そういうのも、なんか違うじゃん」

「そうね」

俺だってもうずいぶんしてないよ。憤りはひとまず置いて、変な慰めをいおうか迷って、でも横顔をみていると原田はなんだか平気そうにみえるどころか、むしろ全てをいいたかったみたいな風にもみえた。僕と会わずにいた空白を埋める写真も、ドアノブに提げてあった缶ビールやポテトも、そのためだったのか。写真の束をつかみ、パラパラ漫画をみるみたいな速さでめくってみる。

「その白衣の子、真穂ちゃんなんだけど、映画に誘ったら一緒にいってくれて、それで食事にいきませんかっていったら、それも『今度』っていってくれて、でもそれから仕事場で二人きりになる機会がなくて、彼女は学会とかあって忙しいからさー……」原田は延々と職場の女との遅い進展を話した。

そんなことより原田、大海原が綺麗だよ。小さな船が遠くをゆくのがみえる。映画じゃなくて釣りに誘ってみたら、といいかける。自分が女の子だったら。今日これまで、楽しくてウキウキしただろうかと改めて思い直す。釣り針に虫をつけてくれる原田にときめくだろうか。

かなり、真剣に悩む。海は綺麗だ。突堤も面白い。帽子を忘れてきたのは、僕がその子だったらやはりかなりの失点だろう。原田、今、女の子が日焼けにどれだけ気をつかうか、SPF値って言葉を知っているか。気付けば僕は腕組みをしていた。

しかし。横顔を盗み見ながら思う。さっき原田はためらわなかった。どうでもいい半年間について僕は口をつぐんだけど、彼はおよそ三十年分を即答した。そのことと、何年も前の女子の「選択」の間違いをうじうじと気にしつづける様子とが一致しない。いや、一致しすぎなのか。かすかにめまいを感じるのは日差しのせいか考えのせいか、一瞬分からなくなる。

「くったー」原田は素早く立ち上がった。みれば右側の竿がしなっている。

「おまえのだぜ」いわれて立ち上がる。

「ほら」すぐに受け取り、もものあたりで竿の柄をおさえる。竿先はたわんでリールは重い。

「どうかなー、巻いて巻いて」いわれるままにリールを回す。

「大きいのかな」

「どうかなー」ジャムの瓶の蓋が固くて開けられないときのような情けなさを感じながら、それでも力をこめれば巻くことはできた。

「巻け、巻けー」原田は興奮している。僕はなんだか笑いそうだ。突然ふっとリールが軽くなった。

「ああー、ばれた」傍らの原田にはすぐ分かったみたいだ。

「逃げられたんだね」巻きながら他人事みたいにいう。背後や近くの釣り人がこっちをみているのに気付く。

「すまん」

「いや」原田は残念そうでない。

既に負荷のないリールを巻いているのは僕だ。おまえのだぜといわれるままに受け取って、巻いているけど、これは僕の釣りではない。竿は二本あっても、どっちも原田の釣りだ。どっちの竿にかかっても、原田がリールを巻くべきだった。

濡れた糸が海水からすべてあがったところで、からまないように原田に竿を返す。残念でもなさそうにまた餌をつけかえようとしている原田を見下ろす。

でも、と思う。逆にどっちの竿にかかっても、僕が巻いてもよかった。僕が餌をつけてもよくて、僕がふってもいい。

これはそういう釣りだ。僕は遠くに小さくなった船をみて、またのびをしてみた。どっちでもよかったのだ。

不意に「思い」にとらわれ、僕は海をみながら動けなくなった。これまで生きてきて、いろんな選択をしてきた。確信をもって、あるいは迫られて。ときに慎重に、ときに考えず。後から思うと、どっちを選んでも同じようなものだったが、だからこそ、どっちを選んでも「いい」ということだ。たとえば、そのクーラーバッグを携えて僕は原田の実家に帰り、原田がモルタルに戻る。僕が090で、原田が070。王子と乞食ではない。乞食と乞食の交換だ。自虐的なフレーズが浮かんだところで、のびをしていた腕をだらんとさげた。光速に遅れる音速のように、あぁーっと長い声がもれる。

さっきと同じものか、タグボートが逆方向に進んでいく。

「腹減ったな、そろそろ戻るかー」原田は虫をつけ終えた竿を持ち上げたが、そんなことをいい、僕も正気に戻った。

「原田さあ、一人暮らししてみたら？」僕はいってみた。

「一人暮らしか」嚙みくだくように原田はいった。

「そうだよ」無責任に、すごくいいことをいった気がした。万事それで解決。かどうかは分からないけど、少なくとも何か一つ、選択したことになる。意味がなくても、取るに足らなくても、選択だ。原田も、まんざらでもなさそうな顔で僕の次の言葉を待っている。

「横浜だったら中華街だな」濡れたジョッキに注がれたビールが恋しい。

「そうだなー」原田はすぐさま竿をしまいはじめた。僕は手伝わずに、ぐるりと周囲をみた。海は遠くと近くで色が違っているけど、おおむね青かった。

「俺、今日、奢るぜー」原田はいった。

「原田なんかに奢られるようになったらおしまいだよ」

「げーっ、なにそれー」原田は変な声でいう。空は、どこも一様に青かった。

十時間

かがみこんでダイヤルを回し、立ち上がって上蓋をあけ、紙マッチをする。壁際に据え付けられたストーブは前の団地のものより大きかったが、点火装置は最初から壊れていた。新品然としているのは外側だけ。落ち着いたクリーム色の外装は、カバーのようなものでしかない。本体は円筒形で、すすけた濃茶だ。教室のダルマストーブと同じ、鉄の色。中をのぞき込むと底まで真っ暗で、だから四角くていかにも明るいストーブの外見は、なにかを取り繕ったもののように思える。

大きいねえ。前の団地に遊びにきた東京の親戚は、ストーブをみるだけで感嘆していた。さすが北国だねえ。連《れん》はここではない土地に暮らした記憶がほとんどない。彼らはどんな小さなそれを使っているのだろうと思った。

灯油の流れこむ音がわずかに聞こえる。少しも光が射さず、なにもみえないと思えるのに、底面に油の輝きがみえ（た気がす）る頃合いをみはからい、火のついたマッチを円筒の中に落とす。手を離したとき、つかない、と思った。

マッチは線香の先に似た赤みを残し、消えて（みえ）なくなり、予想通りだったのに連は舌打ちをする。

二本目のマッチをこする。大人のする大抵のことはできる連だが、紙マッチだけは苦手だ。火種の根元に爪をあててこすらないとつかない。火が近くて怖いからと端を持ってこすっても、ぐんにゃりと芯が折れてしまう。傍らの棚の、小さな籐籠にさまざまなマッチがあるが、どれもしけっている。

玄関のがらり戸に鍵のささる音が聞こえる。開かない扉を動かそうとする音が続いた。妹は、連より先に帰宅したつもりのようで、すでに開いている鍵を閉めてしまったのだ。また、鍵を回す音。マッチをすり、二本目を落とす。紙のにせよ、木のにせよ、マッチをするときの自分が大人のような渋い表情になっていることを連は知らない。

ストーブの点火を催促するみたいに、足先を猫が体を寄せて通り過ぎる。帰宅したとき玄関前に座っていた。鍵を開けている間どうしようと迷って、少し開いたら既に許可を得たみたいに滑り込んでいったので、まあいいかと思い、猫に続いて帰宅した。「ただいま」声のかかる前からがらり戸の開閉が聞こえていた。冬は靴を脱ぐのに時間がかかるのだ。

「ドタドタ歩かないって！」いわれてるでしょう、の部分は省略して怒鳴る。

怒鳴ると妹は本気でしょげる。泣き出すことも多いのに、そのくせいつまでも怒られるようなことをする。昨年まで住んでいたのは団地で、上の階の物音——足音のほか、椅子をひく音や言い争いなど——がやたら響いたことから、母親は、子供達のたてる足音を厳しく戒めた。妹のたてた音でも、連も一緒に怒られるのだ。

今はもう団地住まいではないが、やはりドタドタ歩いてはいけなかった。床が腐っているらしく、あちこちへこむからだ。家もみしみしと鳴る。同じ形ばかり何棟も並ぶ木造貸家の一つで「社宅」と呼ばれていた。事実かつては鋳鉄《ちゆうてつ》工場に勤める人々の社宅で、何十棟も並んでいたらしい。工場の移転とともに転居と取り壊しが相次いだ。一般向けに貸し出され家賃も格安だったが、新たに暮らそうという人はなく、残ったのもほとんど廃屋だ。母がなにを思って引っ越したのか連には測りかねた。だが、これからここに住むのだと連れてきたボロい、横板張りの小さな平屋の前で母は両手を腰にあてて、妙に清々しい顔をしていた。

車通り沿いには小さな倉庫やつぶれた商店が並び、細い道を入らないと社宅群はみえない。隠蔽されているみたいだと連は感じる。同じ形の社宅が密集していても、そこは空き地のような印象だった。

遠くの炭坑街では困窮のあまり、人の住まなくなった社宅を毎晩一つずつ壊して薪にしたという。新聞の記事でみたが、他人事と思えなかった。だから母が引っ越し後数日たって表札を玄関に取り付けたり、根から腐って使えない物干しを台座ごと買い替えて、洗濯物をどっさり干したときには、心から安堵した。そのように、ちゃんと住んでみせないと誰かに夜中にうっかり壊されてしまいそうだと連には思えたのだ。

「あ、久しぶり！」猫をみて妹は——まるで道端でみかけたみたいに——ランドセルを背負ったままサカサカと近づき、かがみこんだ。茶トラの、生意気そうな顔の猫の首を撫でている。茶トラも人慣れした様子だった。

人がいないかわり、春から秋まで家は猫のたまり場になっていた。引っ越してきた日の掃除で掃き出し窓を開けていたら、当たり前のように一匹、二匹、出入りしてきた。以後も飼っているというより、猫たちはこの家を「通り道」のようにしている。牛乳や煮干くらいしかあげるものはないし、見向きもしない猫も多い。冬は家も閉め切ってしまうし、猫も猫で寄り付かない。もっと暖かくて割のいい待遇の家があるのだろう。

「ちゃんと生きてたね」妹は女子らしい慈しみの眼差しを向けていたが、母は邪見にしないかわり、特に猫かわいがりもしなかった。話し合ったわけではないが、猫も母も互いに同じ方針といえた。おまえんち、猫屋敷だってな。男子の誰かにからかわれたとき、連はうまくいえない違和感を抱いた。からかわれること自体ももちろん不当だったが、それ以前に正しくからかわれていないというような。

ストーブがぼっと音をたてる。なにげなく（マッチの火を恐れることを妹に気取《けど》られぬよう）慎重に落とした、三本目のマッチで点火した。瞬間の明かりで、先に失敗したマッチ棒の姿も確認できた。脇の方で折れ曲がっている。燃えてなくなってしまう役立たずに、ふん、と思う。

上蓋をして今度はすぐにかがみこみ、下部の耐熱ガラスの向こうの炎をたしかめる。青い炎が、本格的な燃焼状態に入ったことを示している。仕上げにやかんを重しをするように――実際、重たいのだが――載せた。

「今日、早かったんだね」妹はサカサカサカサカと音をたて、白い息をはきながら、手袋を干しにきた。サカサカ音をたてるのは分厚い上着のナイロンが擦れるせい。ストーブの手前あたりに細いロープが渡してあり、すでに今日の連の手袋も干してある。「長靴と靴下は?」声をかけながら、自分もまだコートしか脱いでいなかったことに気付く。連のはサカサカいわない「大人が着るような」コートだ。今日は転ばなかったし誰かから雪玉をぶつけられることもなかったから、特にぬれてない。

「ぬれてる」いわれて妹は、またドタドタと急ぎそうになって、あわてて普通の足取りで玄関まで取りにいった。妹はいつも近道で雪深いところを歩くから、長靴の中に雪が入る。

あの道は本当はたいして近道なんかじゃない。特にここに引っ越してからは遠回りになったといっていい。だだっ広い空き地だ。自分も低学年のときは近道した。大勢がそうしていたから対角線上に道のようなものができていた。茂みでゲラゲラ笑っていた高校生に呼び止められてから、ずっと使っていない。そのうち妹も嫌な目にあうかもしれない。不良がシンナーすってるから通っちゃだめと戒めても、うんと頷くだけで、やはり靴下はびしょぬれになっている。

昨日から干されていたいくつかの洗濯物と、母の軍手の横に妹の靴下が並ぶ。

「トイレ掃除当番は」不機嫌になる必要はないのに、連は命令する。苛々しているわけではないが、なんとなく妹を緊張させておきたいのだった。

「今日はいいんじゃない」

「怒るよお母さん」

あーあ。妹は子供らしい、おおげさなため息をつき、のろのろと動き出す。猫はのびをして、部屋の隅に移動した。連はテレビに近づいて、電源をつける。ブラウン管に映像の映り出す前からかちんかちんとチャンネルを回す。まだ『特捜最前線』の再放送の時間だ。このあと時代劇で、五時からアニメの『トライダーG7』。男の子向け、女の子向けの別などなく、アニメや特撮ならすべてみる。もうこの春から中学生なのに、と自分でも思う。

「壁に耳あり、クロード・チアリ」とクラスの男子がはしゃいでいた、悲しげなエンディングテーマ曲が流れ、東京のビル街が映し出される。母と、まだ生きていた父とに連れられて連は一度だけ高層ビルの最上階にいった。どのビルだったろうかと思う。

まだ妹は生まれていなかったから、思いを馳せるのは連一人。連が連れていかれたのは池袋のサンシャインだから、画面には映っていないということを連は知らない。テレビから離れ、コタツに入る。

風呂場でバケツの水を汲んだ妹が「わーたーしだけのじゅうじかーん」と口ずさんで戻っていった。寒くて風邪をひくから、床の雑巾がけまではしなくていいといおうとして、明るい調子なものだから、いいそびれた。

『特捜最前線』の再放送をみた子供は誰でも、その冗談を言い合った。エンディングテーマの「私だけの十字架」が「十時間」や「自由時間」に聞こえる、と。そのようにエンディングの歌ばかりが云々されるが、オープニングで流れる歌詞のない曲も劇的で、連は好きだ。そのことは誰も云々しないし、連も話題にしないが『太陽にほえろ』の主題歌なんかよりも、ぐっとくる。

番組が終わると地元の温泉ホテルのコマーシャルになる。

「手洗った?」コタツにまっすぐ入ろうとする妹を鋭い声で制する。

「洗ったよ」妹は裸足だ。

「靴下、新しいの履きな」もぐりこんできた妹の素足は氷のようだ。笑いながら足を押しつけてくる。

「やめな、やめなって」笑わず本気で遠ざけるのだが、妹は面白そうな、自分たちは今じゃれあっているのだという顔だ。

「怒るよ、もう」妹は笑ったままだ。

妹の自分に対する信頼や愛情と、自分の妹への愛情や関心と、まるで違うなと連は思う。質ではなくて、量が。別に妹のことを嫌ったり、憎んだりしているわけではない。なんというか、普通だ。

そこまで思い至り、苛立たしさをひっこめ、黙ってテレビをみる。

二人ともテレビが好きだった。友達と遊ぶよりもアニメの再放送が大事だ。そのことでは、単に姉妹だからではない、気が合う部分といえるのかもしれないと連は思い直す。平日に学校が休みのとき、午前中のテレビは子供にはつまらないものだが、教育テレビの、人形劇じたてのものまでみた。

五時のアニメの再放送が終わり、六時のＮＨＫ人形劇が終わってニュースばかりになっても消さなかった。

母は二人の娘にテレビの観過ぎを厳しく戒めた。母の帰宅時間まで、雑巾をしぼってはテレビの後部に置いて風邪の看病みたいに冷やし、みていたことがバレないよう工夫した。それでも月に一度、電気代の明細をみるたび、テレビのせいにされる。だから、真っ暗になるまで照明を点けずにみる習わしも生まれた。

七時の、再放送ではないアニメが二つとも終わるところまでみつづけたらとりあえず満足で、同時に母の帰宅の遅いことに気付く。妹にお腹すいたといわれる前に立ち上がる。さすがに蛍光灯をつけた。

「遅いね」同じことを思っていた妹がみあげる。冷蔵庫を開けて閉めて、玄関までみかんを取りに行き、返事の代わりに何個かコタツに載せた。

「ありがとう」

連は立ったついでで窓に近づき、カーテンをしめようとしたら、模様のように斜めに雪が降っている中、猫の鳴き声が聞こえた。

声を聞きつけ、妹が駆け寄ってきた。窓外を見下ろすと、灰色で面長で母がモジリアニと名付けた猫だった。ここを通る猫が何匹いるか誰も把握しておらず、これまで名付けられたのはモジリアニ一匹だけだ。

錠を回して少し開けてやると、冷気とともに液体みたいに素早く入り込んできた。妹は「寒かったね、冷たいね」と嬉しそうに呼びかけながら抱きかかえ、コタツに戻る。

「ぬれてるから、ちゃんとふいて」

「うん」うなずく妹の腕の中でモジリアニはおとなしくだっこされている。

回転錠を回し、改めて外をみた。手前の社宅は朽ち果てており、雪が分厚く積もっている。屋根のへりから立派な氷柱《つらら》が幾本もみえる。家がゆがんでいるから窓枠とずれて、だがまっすぐに下がっている。みあげれば、こちらの窓にも氷柱があって、下校時にチャンバラしたい男の子ならほれぼれするような太さと硬さだ。無駄な立派さだといつも思う。

カーテンをしめる前に斜めに降る雪をもう一度みていたら、明日のスケートの授業を思い、少し憂鬱になった。

今夜も先生達は水を撒《ま》いているのだろうか。スケートリンクを厚くするために。大きなグラウンドをまるまる用いたスケートリンクだ。年末の終業式の後、全校生徒が学年ごとに横長の列を作り、大きなグラウンドを歩く。そうやって、積雪を平らにならす。

地面を均等にしなければいけないから、歩幅を小さく、ゆっくり踏みしめろと号令がかかる。小さくゆっくりと歩く行為は単調だが、普段しない行いだし明日から冬休みでもあるため、皆、はしゃいでいる。うつむきながら、サンタがなにをもってくるかとか、サンタなんていないとか、アニメや歌手のことを話し合っている。低学年のときは連も似た話をしたが、昨年末のときは寡黙に、誰か気の利いた人が思いついて、この横長の不思議な行進を上空から写真に撮ったらいいのに、と考えていた。

リンクを作るためのその行進は悪いものではないが、連はスケートが嫌いだ。特にスケート靴を憎んでいた。スピードスケートでもフィギュアでもホッケーでもない、ハーフスケートと呼ばれる黒い靴だ。サイズがあわないのを、丸めた新聞紙を詰めて調節するが、必ずひどい靴擦れになる。だが、別に女子らしいフィギュアを履きたいわけではない。

スキー用具を持っている子はスキーを、スケート靴しかない子がスケートを習う。両方持っていない子はどうするかというと、スケート靴を「もらう」。旧校舎の、いちだんと寒い教室に呼ばれた皆、貧乏な家の子だった。段ボールから取り出されたお古を配給するために呼ばれたのだ。妹も先日、スケート靴を受け取って帰宅した。

授業もだが、もらったことが嫌だった。したくないことなのに、お礼をいわなければいけない立場になるなんて。母にもいわない屈辱だ。言葉にすると、貧乏が悔しいと思っているようで、そうではなかったから。

スケートは嫌なのに、大人達が広いリンクに水を撒く様子のことを、これまでにも――渋々滑っている最中でも、そうでないときも――何度か漣は想像したのだ。青白い夜に集《つど》う誰もが、きっと言葉少なだろう。無駄口を叩いたりなんかしない。氷面に凸凹のできぬよう、早く終わらせるよう、誰もが無心に動くだろう。

水を撒くのはいつだろう。日暮れまで滑りたがる子供らを帰した後、自分たちも帰宅する前のひとときだろうか、それとも明け方に早起きしてだろうか。

一番可能性が少ないのに、真夜中という気が、勝手にしている。そういう想像と、明日のスケートが憂鬱なのと両立する。

「遅いね」背後で妹が母のことをつぶやきかけたが、鈍い音が天井から響いて気を取られた。

「猫だよ、きっと」どど、と続くのは天井裏に何匹か入り込んだ音だ。やはり冬になってからは初めて。モジリアニは妹の膝に、夕方入れてやった茶トラは、壁際のストーブの前にいて、ともに天井裏の猫のことなんか知らないというような顔をしていた。

保温されたジャーの御飯を確認して、お湯を沸かす。

テレビの中のなにかの冗談に反応してハハハと妹が笑った。妹はまだ、不安がってない。

沢庵を切り、タッパーのたらこを出して、ストーブのやかんでお茶漬けを作り、コタツで食べる。

「食べたがらないね」モジリアニは少し手を動かして箸を目で追っただけだし、茶トラも寄ってこない。

「このたらこ、いただきものの高級品なのにね」

「そうだね」

「舌が肥えてるんだね」母の受け売りをいう。

「うん」グルメな猫の。猫まっしぐらの。二人でキャットフードのコマーシャルのフレーズをいって、少し笑い合う。

ストーブの煙突にハンカチと靴下を押しあててアイロンをして畳んだら、あとは食器を洗うしかすることがなくなったが、母は帰宅しない。

二時間のサスペンスドラマの予告が始まっている。普段の妹は音楽を聴いただけで怖がる。

だがついに口にした「お母さん帰ってこないね」という言葉が震えているのは、予告編の音楽が怖いせいではない。

「大丈夫」反射的にこたえる。茶トラの猫が、連の言葉を請け合うように妹のそばに近づいてきた。モジリアニとも仲がよさそうに体をくっつけあっている。

「遅いよね」

「大丈夫だから」テレビを乱暴に消した。とたんに世界中が静まったようになる。

「それより明日の支度しなさい」かまわず言葉をつづけてみて、母みたいなことをいう、と連は自分で意外だった。働き蟻は、全体の二割が怠けており、その二割を取り除くと、やはり残ったうちの二割が怠ける。理科の授業で習った。ある家から母親がいなくなったら、残ったうちの誰かがちゃんと小言をいう。忘れ物ないように、ちゃんと確認しなさい。寝間着に着替えたら、表も裏もストーブによくあたってから寝なさい。

「着替えて、ちゃんとストーブにあたりな」ぶっきらぼうに言い放つ。危険だからと、子供の部屋に暖房を置かないのが母親の方針だった。

「お母さん、帰ってこないつもりかな」

めげずに妹はそういい、連は内心驚いた。驚いて、うろたえた。

そんな風に思うべきことだったのかもしれない。年少の者に、先に気配を察せられてしまったのか。

「どうだろうね」よく分からないが意地のような気持ちで、つい答える。とたんに妹はベソをかいた。

「泣いたらぶつよ」鋭くいったら泣きそうになった。さっと手をあげたら本当に泣いた。ポロポロと涙をこぼす、声を押し殺した、息だけの漏れる泣き方だ。手をおろす。

「大丈夫だから、寝な」今度はやさしくいってみる。

「私も寝るから、サスペンスみないで寝るから」嗚咽をあげはじめる妹の後頭部を不器用に撫でる。

「うん」鼻をかませて、歯磨き用に、やかんのお湯をコップに少し注いでやる。

「おやすみ」ストーブの前で着替えをさせる。一緒に寝たがるかと思ったが、妹は二匹の猫に手を振って和室に移った。押し入れによじのぼらせる。

「ちゃんと肩までかぶって」社宅でも、前の団地でも、二人は和室の押し入れを二段ベッドにしていた。ドラえもんのように妹は上の段に寝たがって、団地では連が上だったがここで入れ替わった。

「戸、開けておいてね」ストーブの暖気のためにも、そうするつもりだ。

思ったよりも早く妹は寝付いた。連は居間に戻り、隠してある貯金通帳を確認した。壁の時計をみて、黒電話が通じているか、受話器を持ち上げてみて、そうするとすることがなくなったので、音量を下げてサスペンス劇場をみた。猫は二匹ともコタツの中にいた。みしみしと家鳴りがする。サスペンス劇場の中の人々は誰もが深刻な顔で深刻に喋る。終わるとテレビはつまらなくなったが、みつづける。

みながら、さすがに母のことを考える。妹も気付いていたかもしれない兆候が、なにかなかっただろうか。母は今は、ビルの壁面のひび割れを修繕する仕事をしている。屋上から命綱をつけて、壁を蹴って作業をするのだという。

生徒のため、凸凹でないリンクのために水を撒く大人達のことは考えたのに、母親の働く姿を想像したことがなかった。母はさばさばとして、不平や愚痴もいわないし、貧乏でも趣味のいい服装をいつもしていて、糠味噌くさい様子をみせることはなかった。だが、自分が母のことをよく知っているかというと自信がない。質問には答えあぐねることのない人だが、そもそも本当のことを答えていただろうか。

母は本当にビルの壁面にぶら下がっていたのだろうか。

国旗が出てくるまでテレビを消すことができなかった。不安なまま押し入れの下の段にもぐりこんでみる。上の段から咳が一回ひびいたので、大丈夫かと声をかけたが返事はない。

目をとじると、遠くでエンジン音がする。鈴の音のようなものが混ざって聞こえる。エンジン音は重たく熱を持ち、鈴は涼しげだ。

この音は一個なんだろうか、二つが別々に同時なんだろうか。いつも感じる疑問を連は思った。別々なのだとしたら、小さいはずの鈴の音が大きな音にかき消されないのはなぜだろう、とも。

音は長くつづく。普通の自動車だったらすぐに通り過ぎる。大きな除雪車が夜中に雪をかいていくのだ。明日の朝には歩道脇に雪の山ができているだろう。通常よりはるかに太いタイヤの跡も、轍《わだち》になって残っている。

少しだけうとうとして、目覚めるとすぐに不安で心がざわめいた。つま先にあたる壁を蹴るようにして、半身を起こした。連の体はもう押し入れに収まるサイズではなくなっていた。何時だろう。枕元に置いた目覚まし時計の夜光塗料の文字盤と針が、かすかに薄緑にみえるが、正確な時刻が分からない。母は帰宅しただろうか。

勉強机の椅子にかけた半纏《はんてん》を着込み居間に戻ると背後でどんと大きな音が響いた。

人の死体が投げ出されたような、不吉さを思わせる、ぎくりとさせる音だった。台所だけつけておいた蛍光灯が消え、真っ暗になる。

　妹の名を呼びながらそっと部屋に戻ると冷たい風を感じ、混乱する。

　和室に雪がふきこんでいるようだ。照明の紐を探そうとして、さらに事態を把握する。照明がない。雪の重みで、屋根が抜けたのではないか。連は怖くて口を真一文字に結んだ。

　どの程度の穴だろうか、目をこらしてもみえない。すぐに妹を起こす。手をひいて居間に戻り、懐中電灯を探し出してつけた。

　ヒューズがとんだのか、居間の明かりもテレビもつかない。無意味と思いながら、泣き出した妹をコタツに入れる。布団やコートをあわててかぶせる。小さな顔を照らすと、涙と一緒に鼻水が出ている。泣いて出ているのならまだしも、風邪をひいていたら。冷気が向こうからきていて、部屋の温度がどんどん下がっている気がする。

「大丈夫だからね」言い聞かせる。泣きわめかないからむしろ不安になる。ストーブが消えていた。ヒューズとは無関係のはずだ。焦って近づいた。

　脇に据えつけられた、透明プラスチックに保護されたチェーンが小さく揺れていて、転倒防止装置が作動したのだと分かる。舌打ちが出る。

　同じ装置でも、点火装置はすぐ壊れるくせに！　マッチを手に取ろうとして冷たいものに触れたことに気付き、怯む。雪で空いた穴は和室だけだと思っていたから。天井を照らしてみるが分からない。向こうの部屋からかもしれないが、とにかく居間にも雪はふきこんでくる。

紙マッチをする手がかじかむ。ぶるぶると震えながら、マッチ売りの少女みたいに、ごちそうが浮かんだらどうしよう、などと思う。これではまるで「かわいそう」だ。苛立たしさに、紙マッチの怖さを忘れる。勢い良く燃える炎を落下させるが、つかない。二本目も失敗。

妹を再び照らすと、白い息を吐いている。猫はどこに逃げたのだろう。

灯油タンクが空になっているのではないだろうか。連はコートを着込んだ。ロープに吊るされた、母の軍手をつかむ。折れ曲がった形になっているのを手にはめて、匂いをかいでみる。灯油の匂いがするだけだった。また妹をみると、やはり単調に白い息を吐いている。

近づいて、さっきのように後頭部を撫でる。

「いかないで」といっている。

「大丈夫だから、灯油タンクをみてくるだけだから」みてくるといっても、異常をみつけたらなにができるというわけでもない。助けを呼ばなければならないと思うが、どこに行けばいいだろう。交番だろうか。

サカサカ鳴る下穿きをはいた。狭い玄関で、いつもの雪用シューズではない、大きな長靴をはいて、下穿きの裾を雪が入らないようにかぶせる。妹が取りすがってくるかと思ったが、向こうで動かずにいるので逆に不安になる。すぐに部屋をあたためないと。

あるいはここを出ないと（でも、どこに？）。悲壮な気持ちで雪の中に歩を進めたが、外が思いのほか明るいことに驚く。

静かだった。ボタ雪をふむときの、ぎゅっという感触が普段より強く感じられる。なんでこんなに明るいんだろう。急に雪も、風もやんだようだった。

よろよろと家の側面まで回り、灯油タンクの雪を払う。木箱に片足を載せ、壊れなさそうと判断して上に乗っかる。

タンク上部に懐中電灯を近づけると、燃料メーターはまだ半分近く残っている。どこかで管が傷ついているのでない限り、燃料は届くはずだ。原因が分からず、積もった雪を払ってみただけで、木箱から降りる。

そのあと、連は家に戻らなかった。細い道を雪に足を取られながら歩いた。

大きな道路に出る。街灯が遠くまで灯り、歩道側には雪の山ができ、車道には除雪車の跡がくっきり残っている。遠くの道路の街灯などのわずかな光を一面の雪が反射して、それで青白い明かりを感じるのだ。連は懐中電灯を消した。それから自分の手元をみた。胸と、手袋の手と、懐中電灯と雪に埋まった長靴と、すべて色がなくなっているだろうと思ったら、本当に自分も青白いだけになっている。

街のどこか別の道路を、やはり除雪しているらしい、鈴の音とエンジン音が遠くに聞こえる。

昼間みる雪の山は黒ずんで汚いが、出来立てのそれは美しかった。柔らかそうなそれにのぼり、急傾斜を車道まで滑り降りる。除雪車はただ通り過ぎただけだ。底に取り付けられたへの字型の羽根が、道路脇に雪を押しやる。だけど真夜中に響かせる音は不思議で、できあがったものも劇的だ。

連はアニメの『フランダースの犬』を思い出していた。主人公のネロ少年が眠るように死んでしまう最終話を、誰もが感動的なものとして語るのだが連だけは不思議だった。ネロは教会に描かれたルーベンスの宗教画をみたがる。

ついに現れたその絵が、アニメーションなのにそこだけ本物だったから、驚いたのだ。大きくて荘厳で、悪趣味とか良いとか思うことなど到底できない、とにかくかわいくはない、昔の人が描いた絵だ。

最終話まで親しみやすい仲間のようにずっと描かれていたはずの少年が、実は全然仲間ではなかったというか、裏切られたわけでももちろんないのだが、ネロの心の世界を知らされていなかったようで、だから簡単に悲しんだり共感できないような、畏怖の念のようなものを抱かされた。

なにかをみたいと心から願ったりしたことが連にはない。この山と、タイヤの跡が、自分が美しいと思う最後のものなのかなとだけ、ぼんやり思った。

音が大きくなり、遠くの十字路を曲がって巨大な除雪車がやってきた。除雪を終え、どこかに戻っていくのだ。連は山をのぼって振り向いた。大きくて頑丈なタイヤに、さらにチェーンを巻いている。鈴のような音はそのチェーンだ。大きすぎて、むしろ役に立たないのではないかと思えるような車体が、タイヤが、複雑な音をたてて通り過ぎた。

平気だ。巨大な生物を見送るような気持ちだった連は、不意に根拠もなく自分のことを思った。強がりではなく、落ち着いた気持ちで、落ち着いていることを不思議にも感じた。マッチをすって七面鳥が浮かばなくても平気。マッチをすってストーブがつかなくても。妹が風邪をこじらせても。母が事故にあっていても。母が戻ってこなくても。母が自分でそれを選んだのだとしても。母が戻ってきても。スケートだけは嫌だなぁ。

暗さに目が慣れ、帰りは自分の足跡がよくみえた。戻ってどうするあてもないのだが。

サカサカいう自分の音を聞きながら穴のあいた家に戻ると、ストーブが点火していた。それからなにかこれまで知らない気配を感じとる。

二本目のマッチが遅れて点火したのかな。耐熱ガラスの向こうの炎は青く淀みない。コタツの方に懐中電灯を向けて息をのむ。

そこにはおびただしい数の猫がいた。皆、妹の周囲を取り囲んでいた。モジリアニのほか数匹が、妹に乗っかっている。

連が近づき、妹を抱き寄せ、ストーブのそばまで引きずると、猫もついてきた。座布団を敷き妹を横たわらせ、コートと布団をかけなおす。どの猫も緩慢な動きでストーブの周囲に集まり、それぞれあらかじめその場所に座ることが定められていたという風に、めいめい腰を落ち着けた。連はもう一度丸くした目で猫を見回して、それから神妙な顔で、後から仲間に入れてもらうような気持ちで腰をおろした。

「一、二、三……」初めて連はそこに暮らすすべての猫を数えることができた。

作者注——ドラマ『特捜最前線』のエンディングテーマを実際に歌っていたのはクロード・チアリではなくファウスト・チリアーノです。

祝福

地下に降りるにしては幅広の階段を下りる、途中で気づく。今、数段前を下りている女性がSだと。

くる途中の歩行者用信号のあたりから、知っている人かもしれないと思って背をみていた。美容院でセットしてきたばかりみたいな髪や、高価そうな（ファーがついてるだけで高価とみなすのもどうかと思うが）コートをみて、行く先が同じなのでは、と。自分が先に気づいたことに自分で戸惑う。後ろをとった方が百パーセント有利に決まっているのだが（別に戦っているわけではないのだが）、大体いつも気づかず、気づかれる側だから。

先に声をかけるということに慣れない。

「Sさん」呼び止める声に痰《たん》がからんだ。階段の終わりで振り向いたSは驚きつつ怪《け》訝《げん》そうな、気づかれた人に特有の顔になる。咳をおさえつつ、会釈をする。

「あぁ、Aさん」笑顔がごくわずかに混ざるが、すぐにSは前を向いた。

「ご無沙汰してます」二人並び、折れる階段を下りきる。

「どうも」

拳を口にもっていき、喉を鳴らしながら、ん、と思う。もう少し社交辞令のやりとりを（二人が）交わしつづけるだろうと思ったが、階段を下りるとすぐ受付がみえ、Sは前を向いたままだ。

Qか。Sはずいぶん前に別れたQと同じ部署にいたこともある親友同士で、それでQからよくない評判を聞かされているのだろうか。

Qとは互いに遺恨もなく、今会ってもくだけた会話もできている（はずな）のだが、ときには険悪なやりとりもあった（こちらの一方的な浮気のせいなのだが）。そのときに伝わった印象のままだとしたら。あるいは、会社と半ば喧嘩別れでやめたというだけで敵とみなされているのだろうか。

冷淡とも取れるSの挨拶の短さから一瞬間、さまざまに疑念を巡らしたが、数歩進んだだけで自分も記帳を求められる。Sとは異なる芳名帳だ。筆ではなく迷わずサインペンを手に取る。

「Aさーん」知らない人の達筆の横に抑揚のない字を書き入れ終わるのを見計らったように声がかかる。顔をあげると、受付に立っているのはFだった。

「ああ、おお」

数ヶ月前まで向かいの机にいた後輩のFは見慣れぬドレス姿で、記帳机を挟んですぐそばなのに小さく手をふってみせた。以前と変わらない態度だ。やはり、会社ぐるみで冷淡というのではない。安堵と、ではなぜSは、という疑問が気持ちの奥に溶け残る。

「あー、おー、じゃないですよ」

Fに気づかなかったのはドレスを見慣れないから、ばかりではない。とにかく誰のことも、べらぼうに気づかないのだ。一万円札を出し、一万円札用にあらかじめ用意されたおつりを——おつりがあることを意外に思いながら——受け取る。

「いいね、その、コ、コ、コサージュ」わざとたどたどしい言い方で誉める。

「コサージュじゃないですけどね」明らかな当てずっぽうに対しFは笑いながら、胸のコサージュではないなにかに手をあてた。

「クロークは左手になります」式次第、いや、式ではなくて披露パーティだから、式次第というほどのものではないのだろうが、とにかく二つ折りの厚紙を渡しながらFはそこだけ改まった言い方をした。いわれるままクロークに重たいコートを預け、会場に入る。暗い照明のざわついた場内をよく見渡す間もなく、今度は(今度は、と思うのもおかしいことだが)大柄のDが待ちかまえていた。インスタントカメラを持った若い知らない女がそばにいて、(知ってる)と思う。

「おぉ、風雲児がやってきたぜ、風雲児だ」Dはいつもと変わらない張りのある声だ。

「やめてくださいよ」会社をやめて独立したら、このように元からフリーだった仲間にまでからかわれるようになった。からかわれるのは、反応としてはまだ温かい方。安定した（決して安くない）年収を棒に振ってなにがしたいんだ、と大勢に奇怪に思われている。あるいはバカだと。さっきのSの素っ気ない（ようにみえる）態度をまた思い出す。

「Dさんこそ、なに手伝わされてるんですか」Dは今日の新郎新婦共通の、それも長い付き合いの友人だが、いかつい体と似合わない役回りをさせられているようにもみえる。

「いいからいいから」

「撮りますよー」脇の女の顔がカメラに隠れ、はい風雲児笑ってー、とDがいった。

（知ってる、それはチェキというカメラだ）レンズに向かい歯を出して笑ってやる。小柄な女の手にしたカメラ（チェキ）のフラッシュが点《と》り、台紙が押し上げられてくる。七〇年代の映画なんかで、外国の若く美しい女優たちがはしゃいだ笑顔でレンズをむけてくるあのインスタントカメラは、カメラの体積と出てくる写真の面積とにしっくりくるものがあったが、この「チェキ」は合体《がたい》の立派さの割に写真がずいぶんちっぽけだ。

（思ったより、おそまつなのね）チェキを持った女はそんな言葉をいわない（漫画の中の尊大な美女が、男のプライドを一言で傷つける）。

手渡された写真の、下の小さな余白部分に新郎新婦へのメッセージを書いてくださいっていうんだろう。知ってるよ、知ってる（でも、なんで知ってるんだっけ）。「余白に二人へのメッセージを書いてください」Dは敬語でいい、ペンの束を差し出してきた。

「はいはい」髪留めのゴムで束ねてあるのは、はしゃいだ色のペンばかり。まだ俺の姿の浮き上がってこない紙の、余白は小さい。小さいが、余白がある。小ささは楽だともいえるし、大変とも思える。思いの丈をありったけ、ではなくてよいということだ。

すでにチェキの台紙に浮き上がり終えた面々が、傍らの丸テーブルに幾枚も並んでいる。定刻に着いたのに、もう数十人が入場を終えていることが分かる。小さなフレームに収まっている全員が笑顔。二人、三人が顔を寄せあっている姿もいくつか。端にこまこまと文字が並んでいる（皆、いわれるままに書いたのだ）。

なんだか急に、気持ちが静まった。温かな気持ちさえ湧いてきた。祝われているのではなく祝っている人が総体になって、しかも自分までここに並ぶということに「きゅん、としてしまった」のだ。

「今度おごってください」と、浮かび上がる前の写真に黒でさっさと書き入れてDに手渡した。アハハ、とDが笑う。お祝い感の薄い言葉の選び方がむしろおまえらしいや、といった意味の笑いだろう。

　きゅん、なんて年齢ではない。分かってる。

「俺、二次会の幹事もやってるんだよ。Aもくるでしょ」

「体調次第かなぁ」

「なあにいってんだよ」Dは友人みたいに（友人なのだが、ドラマの中の友人役のように）笑いながら肩を叩いた。

　チェキの後ろがつかえだしたので、Dから地図のコピー（これは式次第のように厚くない）を受け取り、まだ肩を叩かれたあとの揺れが残るみたいな気持ちで（なんで「なあにいってんだよ」なんだろう、バカが風邪をひくわけない、という意味か）カウンターに近づく。すでにいくつもグラスが置かれている。赤白ワインのほか、ウーロン茶っぽいものとジュースのグラスはすでに無数の水滴がついていた。濁ったアップルジュースぽいのを手に取る。丸テーブルには瓶ビールをいくつか囲むように空のグラスが伏せて並べられている。

　備え付けの紙ナプキンにからんだ痰を出し、丸めながら改めて場内を見渡した。すでに大勢いて、ざわついている。都内で評判のレストランを新郎新婦は借り切った。いわゆる気のおけないパーティ形式だ。形式、というか、パーティなのだが。奥はステージになっており、マイクスタンドと、奥にはドラムが据えてある。プロジェクターのスクリーンもあり、昼間の結婚式のものと思われる映像がスライド形式で映し出されていた（Dや受付係のFのように、誰かが撮影役を「買って出た」のだ）。神父の前に向かう二人の様子、この会場にはみかけない、親族らしい年配の人の姿がみえる。来賓席の笑顔、ケーキ入刀などの様子が繰り返されて、オーソドックスな式だったことが分かる。

　ステージ脇には今から新郎新婦が座るであろう白い椅子とテーブル、卓上には花。場内は広く、見知らぬ顔がたくさん。さっきのSが何人かと談笑しているのが目に入る。近づかないことにしよう。

「あれぇ、Aさん、ジュースですか」おやおや、という顔で近付いてきたのはGだ。

「どうもー」

「Aさん、似合わないですよね」笑顔のGは、不遜な言葉を平気でいえる男だ。

「ジュースが？」それともスーツですか。いいながら我が身を見下ろしてみる。打ち合わせ先でGと会うときでもスーツを着て会ったことはほとんどない。

「結婚式がですよ」ああ。

「失礼な人だね」ものすごく納得したが、怒ってみせる。いやあ、似合わないですよねえ。笑うGは昨年出会い系サイトで出会った女と結婚し、今年の年賀状は赤ん坊のアップだった。広告代理店で上手にやっている人間に特有の、「くだらないことを本気で遊ぶ」みたいな言い方で本当に遊んでばかりいる人種なのだが、そういう軽薄さは子煩悩とも両立できるのらしい。

「Aさん」誰か思い出せない人に声をかけられる。Gは笑みを浮かべたまま会釈をして遠ざかった。

「あ、どうも」また、痰がからんできた。

「Rですよ、R」分からないでいることがすぐに伝わったようだ。名乗られたがなおも分からない。R。あぁ。せめて精一杯、思い出したような顔をしてみせる。

「あれ、Aさん今日はお酒じゃないんですね」Rは俺のことを知っている（だから声をかけてきたのだが）。かつて酒席で一緒になったことがあるらしい。

「風邪ひいてるんで」Rは分からないという顔をした。ざわめきが大きくなっている。フロアも狭くなってきた。

「風邪ひいてて！」耳元で大声を出す。Rは得心したという顔で、大きくうなずいてみせた。

「会社、おやめになったんですね」

「はい」お互いに声を張り上げる。

「その後、どうですか」

「貯金を食いつぶしてダラダラしてます」アハハハハ。またまたー冗談ばっかり、みたいな笑い方だ。

「もうね、ニートですよ、ニート」

「え？」通じず、舌打ちする。

「ニート！」手でメガホンをつくってまでいう冗談でもないな、と思う。Ｒもあいまいな笑顔になった。

ますます大音量になってきたざわめきに、さらにマイクの声がかぶさる。大勢の首が（自分の首も）声の方向に動いた。司会は新郎の部下のＹだ。やや派手なスーツを着ていて、初々しい。

そういえば自分はこの結婚式についてなにも頼まれなかったと思いながら、ジュースを飲み干した。（やっぱりワイン飲もうか）まるで思い出せぬＲに会釈しようとしたが、もう隣の誰かと挨拶をかわしている。頼まれなかったのは、気の利かなさ、不器用さをみてとられたからだろうが、会社と喧嘩別れしたことも配慮されているのかもしれない。背後にも生じ始めた混雑の中、緩慢にカウンターへと動く。暑くもなってきたからビールと迷いつつ、やはりワインを手に取って振り向く頃、挨拶が終わった。Ｙ、かなり緊張しているな。

「それでは、えー、大変長らくお待たせしました、新郎新婦の入場です！　どうぞっ！」手にしたばかりのワイングラスをあわてて傍らの台に置く。

Yの力んだかけ声にまるでそぐわない、おだやかなテンポの曲がかかった。少し前までホテルの結婚式で使われていたような、露骨に歌いあげるボーカル（よく知らないが、セリーヌ・ディオンみたいなの）でもない。選曲も本人たちの趣味で、というところだろう。

拍手が起こる（自分もする）。入り口は四角くて、スポットライトは丸い。

さすがに、新郎新婦に先に気づかれることはない。盛大な式でも、小規模なものでも、絶対に、それも入場と同時にこちらが先に気づく仕組みだ。新郎新婦が誰か分からないということもない（片方は初対面ということもあるが、今回はどちらも長い付き合いだ）。

拍手や歓声をくぐるように、新郎新婦はうつむきがちに歩く。親しい顔をみかけるたびに——全員、親しい顔なのだろうが、それにしても「こんな大げさなことになってしまった」という、まるで当事者でない人のように戸惑った——笑みをみせ、それでも二人で一揃いの親密さも発揮しながら通り過ぎた。ステージ脇のいかにも新郎新婦が座りそうな白い椅子に向かっていくのを見送る拍手は当然、長くなる。綺麗、キレイとあちこちから女の声があがる。ウットリしたようなワーという羨望の声音も漏れている。自分も綺麗と思っている。手がいくつも上に伸び、そこには携帯電話やデジタルカメラが握られている。フラッシュがたかれ、二人のはにかみが幾度となく照らされる。

新郎の上司による、乾杯の挨拶が始まる。さっきのワイングラスを手に取り、軽く口をつける。混雑の中、ビデオカメラを肩に担いだ男が目に入る。マイクを持った女と対になっている。男の陰に、機材を持った背の低い男もいて三人一組で動いていた。機材からケーブルがのびて、ビデオカメラにつながっているから、背の低い男はケーブルののびない距離でくっついて歩いている。街頭インタビューといった体で、カメラの大きさも含めずいぶん本式だなと思う。

乾杯を終え、トイレに入る。電球色だが電球ではなく蛍光灯で、フロアよりもずっと明るい。洗面台に置かれたボトルの液体石鹸が白い乳液のようなもので、割といいグレードのレストランなのだろう。壁に据え付けられた手を乾かすための風の噴き出る機械も、噴き出し口がメタリックで、どこか高級だ。小便を終える。

年とってるからな、俺ら。

不意に思う。綺麗に磨かれた蛇口に風邪気味の顔が映ったからそう思ったのではない。

ポンプ式のボトルから液体石鹸を泡立て、蛇口から出てきた、初めから適温のお湯にふれた瞬間、ヘレン・ケラーかアルキメデスみたいにはっと把握したのだ。

新郎も新婦も、列席する我々も三十代後半から四十代、いわゆる「アラフォー」だ。

お金も使えるし、こうして虚飾のない、真にスマートな場所をみつけてくることもできるし、似合わない服は着ないし、身の丈にあった華やかさを知っている。

　年とったからだなあ（自分は式に関してなにもしてないのだが）。はっと気づいてみて、あまり嬉しくない（ヘレン・ケラーやアルキメデスが気づいたことのように大事ななにかでもない）。濡れた手を高級そうな機械の下に入れて動かしていると、Qが入ってきた。驚いた表情だ（お互いに）。気づくのが同時ということもたまにある。

「あれ」手を乾かす風音に消され、Qの声は聞こえなかった。驚いた表情は笑顔に変わり、A、久しぶり！　というようなことをいっているらしい。俺の表情は笑顔に変わらない。

「ここ、女子トイレだっけ」驚いたまま、慌てて手を引き抜いて見渡すが、Qは笑顔のまま個室に入ってしまう。それはそうだ。まず、Qがここにいることへの納得が訪れる（この式にQが呼ばれていてもおかしくない）。Qも新郎新婦共通の仲良しなのだから。

　壁に小便器の並ぶ様を確認して、閉じられた個室の扉をみる。

「誰かこないか見張ってて」と個室から声がする。

　ここ女子トイレだっけという、直前の疑問の「鋳型」に、そのまま「Qってそんな女だっけ」という疑問がすっぽりはまるみたいに残った。付き合ったのは一年ぐらいだが、Qはそんな人じゃなかった（……と思うのは本当だろうか）。

「ウス、先輩」反射的に出た台詞は、スケバンに呼び出された舎弟キャラ。個室の扉の向こうでふっと笑う気配。

「女子トイレに列できてて……すぐ、出るから」着替えているのだろうか、トイレらしい物音はせず、手持ちのバッグを開け閉めしているようだ。壁にもたれて待つ。左側の鏡に壁にもたれた俺の姿が映っている。

「さっき、Sさんに会ったよ」自分を横目にいってみる。

「あぁ、ね！」なにが、ね、なのか弾んだ声が返ってきた。単にいるね、という意味か。

「Sさんに挨拶したら、なんか、うろんな目でみられた」とまでいってみる。

「うろん？」心当たりなさそうな声。Qは出てきた。さっきと変わらない服を着ている。

「絆創膏貼りなおしてた」はあ。へえ。（どこに）顔から、ノースリーブの肩まで、肌のみえる範囲に絆創膏は貼られていない。Qは洗面台に向かった。前髪を気にしている。トイレの向こうでアンプを通したギターの音が響いた。

「今日、しないの？」Qは鏡を向いたまま、ギターを弾く真似をした。弾く真似の、手の位置が胸元あたりまで高いのはわざとだ。

期で、別れてすぐに挫折したから、Qは「挫折時代」を知らないのだ。報告すること
でもないし。
「なんで、やんなよ」
「ギターは押し入れの奥だよ」楽器をやるということは簡単に吹聴してはいけない。
人生で学んだことの一つだ。とても無責任に、様々な人にそういわれつづけて面倒く
さい。Qはポーチからなにか取り出した。
「やりなよ」
「やーらないよ」恋人だったときの、じゃれるみたいな会話になる。相槌をうちつつ、
鏡の中のQの顔をみる。数年ぶりだから、お互いに少しずつ老けているはずだ。
「A変わんないね」Qも鏡に映る俺をみて、目に入ったままの感想をいう。
「太ったよ」指摘される前にいうのは、いわれるとかすかに傷つくから。
「そう?」
　扉が開き、男性が半歩入ってきた。他人の部屋に入り込んでしまったようなバツの
悪い顔をみせ、失礼、と声もあげ、踵《きびす》をかえして出ていった。
「失礼はこっちだっつうの」ね。Qは鏡をみたまま自分たちにいった。それでむしろ、
腰が落ち着いたみたいになった。S以外の、共通の知人の近況を語り合う。Tは新し

い会社を興した。「あぁ」、Cはもうすぐ結婚。「えー」、Iはまだダメな男と別れられずにいる。「あぁ」、Jは田舎に帰った。「えー」「Gは再婚して……」

「あ、さっきいた、あれやっぱりGさんか！」なにかを思い出すとき、どんな事柄でも少し嬉しい顔をするものだ（まずいラーメンだった、とかでも、まずそうな顔で思い出さない）。それとも、QはGに好意的な評価だったたっけか。

どちらがどれくらい老けたか分からないが、立ち話をする鏡の中の二人を見比べれば、颯爽としているのは明らかにQの方だ。結果的に、自分がQをふったというのがなんだか信じられない。Qは泣いた。テーブルの向こう側で唇をかみ、手はなにかを握りしめるみたいにして、「だよね、そうだよね」と自分に言い聞かせるみたいだった。懸命に、客観的になろうとしていた。ぼろ、ぼろと涙が両目からこぼれ、俺はティッシュの箱を滑らせた。本当に客観的なのはQではなかった。すべてを見晴らせる丘はテーブルを隔てた反対の、こちら側にあったのだ。

差し向かいであのとき、悲しくないなあと思っていたのを思い出す。自分は悲しくない。今と違って、俺も座っていた。卓上の、触り心地のいい、すべすべしたペーパーウェイトを片手でもてあそんでいた。

「最後にして」といわれて怯んだ。

そういうのはマンガやドラマでしか起こらない、それも男に都合のいい展開だろうと思っていたから。安直なドラマにありそうな「お願い、抱いて」というようなハードな口調ではなく、鼻をかみおえて、ティッシュを放ったQに、おずおずといわれたのだった。でも昼だけど、とわざと間抜けな返事をしたが、そのときQはもう立ち上がっており、テーブルをまわりこむように歩いて来、至近に立った。

そういうすべてのこと、放たれた言葉や動きの軌跡や動かなかった物体までをいちいち覚えているのはたぶん自分だけで、Qは思い出さないだろう。

自分も未練というより、なんというか「得した」みたいな（ひどい）思い出し方しかしない。

「最近はモテてんの」

「まあまあ」

「ちゃんと、好きになって付き合ってるの？」まあまあ、の内実は流されて、鏡の中のQの目は咎めるようだった。

「なに、それ、当たり前じゃんか」

ほんとう？　Qは鏡の中ではない、こちらをみた。そして不意に至近まできた。

（そんな女だったか）思う間もなく、Qはわき腹をつまんできた。

「なに」身をよじらせて指を払う。

「昔からこれくらいだったよ」Qは人差し指と親指をみせた。太っているかどうかについていっているのらしい。昔から太ってたといいたいのか、励ましてくれてるのか。「襟でてるよ」襟を直されている間も、どんなQだったかという輪郭のブレはおさまらない。Qには「変わらないねえ」と確信に満ちた口調でいわれたのに（つまんで実測さえされたのに）。Qはさっとトイレを出て、後に続く。

場内はさっきよりも暗くなっていた。女子トイレの行列もない。さっきの男性はまだ立っていたので、手刀で謝意（？）を示す。男性も――こっちはこっちで落ち着くような出来事があったから案ずるなというような、気遣わせないための――会釈をし、入れ替わった。

ステージは今にもライブが始まりそうな気配だ。Qに前の方でみようようとうながされるが、いいや、風邪気味だしと断る。人混みの間をするすると動くQの実体も――印象も同時に――徐々に遠ざかっていく。

バンドの登場を求める歓声があちこちからあがる。演奏するメンバーの名字を呼び捨てや、さん付けでコールしている。気付けばスモークもたかれている。バンドってものは登場するときに必ず一度興奮のピークがあるものだ。カメラとケーブルと機材の三人は、なおも三位一体の連携を崩さず、後方からステージにレンズを向けていた。

自分は「ヒュー」っていったことが一度もないなと思いながら、喧噪を聞く。

今、一塊の大きなざわめきに吸い込まれていったのはQだけでないという気がした。

ＦやＧやＤやＳ、知らないＲ、新郎と新婦、知り合って、あるいは知ったと思っているすべての人、小さな写真に同じ方向を向くかのように等しく笑顔を向けた皆のことを、本当はまるで知ってなんかいない。チェキのときにこちらを向いていた全員が、後頭部ばかりを向けている。

　それが少し「寂しく」思えてきて、椅子に座りたくなる。新郎新婦の席のすぐ脇の壁際に予備の椅子が並んでいて、そこだけずっと空いている。新郎新婦と誰かが撮影するとき端に写ってしまうから、皆遠慮して座らなくなっているのだろう。

　人混みを抜け、椅子を目指していく。座ってみたが、ライブも近いからか誰も特に注意してこない。新婦が振り向き、笑って手をふった。入場のとき、まだ接着剤が乾いてないみたいな感じだったのが、もうくっついたというか、「結婚式の新郎新婦」に慣れてきたような、リラックスした顔をみせている。

（大丈夫、ちゃんと新婦だよ）手をふり返す。

　新婦は嬉しそうに口を動かしかけたが、直後にバンドメンバーがステージに現れたようで歓声がさらに増し、照明が消え、ギターが鳴りひびいた（フー、ヒューと大勢が声をあげる）。

　なんだか熱っぽい。二次会は行かないと決める。両足、腰、胸すべてのポケットをまさぐって、クロークの白い番号札をみつけだし、受け取ったコートは着ずに腕に抱えたまま会場を出てタクシーに乗り込んだところでLから着信。

風邪気味だから、もしよければ水買ってきてといわれ、迷う。最近のLは情緒不安定だったから。今日は自分も調子が悪いから大丈夫だと思い直す。

「俺も風邪ひいてるけどいい？」

「ん、いいよ」職場で学んだ数少ないことの一つだ。朝からなにかで腹を立てている人と接するときは、それ以上になにかに腹を立てた態度でふるまうのがコツで、調子悪い人には、もっと調子悪く接すればいい。本当にそんなコツで何度もうまくいった。さっきまでイライラしていた上司が、気遣って飴とかくれるのだ。

会うようになって半年になるだろうか、まだタクシーでLの家にいったことがなかったから、運転手に行き先をうまくいえない。

「えーと、あの駅はたしか、変なオブジェがある自転車置き場がある交差点だったよね」咳き込みながら尋ねる。

「銀行とパン屋のある交差点だよ」まったくかみ合わない。なんとか最寄り駅までたどり着き、コートを着直して歩く。細長いマンションの前でまた電話を入れる。

「何号室だっけ」オートロックの号数を入力するボタンは冷えており、浅くてもバネの感触があった。開錠のモーター音がかすかに響く。

重たい扉を開け、ずっと室内にいたはずのLが「寒いね」といった。「そうね」革靴を脱ぎ、ミネラルウォーターを手渡す。どっと疲れが出た。Lは縦長の、電気ストーブみたいな暖房器具をつけていた。この家で初めてみるものだ。ワンルームのベッドには、さっきまでLが寝ていたらしい形跡がある。脱いだコートを一脚しかない椅子の背にかけ、そのまま倒れ込む。

小さな机の上にはノートと本が広げられ、なにかの勉強の跡があった。Lは今の職場の上司とぶつかっており、それでメソメソしている。資格をとっての再就職を目指しているのだ。

愚痴を聞いたり、「それはよくないね」と冷静に上司を悪くいってあげたり（ひどい上司だぶっ殺してやるとかいっても決して笑わない、冷静にフェアな口調でいわないと説得力が感じられないのだ）、後頭部を撫でて「頑張って」と励ましつづける。のだが、叩いたクッションがふくらみを戻すような手応えがまるでない。むしろ励ますほどに悲嘆の度合いが増すのだ。不機嫌にさえなる。

「そういうとき、女が聞きたい言葉は『頑張って』じゃねえんだよ」友人のTは断言した。少し前に二人で飲んで、ついLの態度に対して愚痴をいったときのことだ。

「じゃあ、なんなの」

「そんなの、『仕事なんかやめて俺と一緒に暮らそう』ってAにいってほしいのに決まってるじゃんか」と。でもそれが体《てい》としては「打算」に聞こえるからいえずに、ただ暗い顔になって現れるのだと。

「そうか、ごめん」LではなくてTに謝罪の口上を述べた。長い付き合いだが、Tは今なお一貫して遊び人を続けている。

Lと会う頻度は高くない。恋人然とした「甘い」やりとりもない。恋人なのか「セフレ」というものなのか、定義を言い合ったこともないのだが、Tの言葉は真実かもしれないと思う。それで視界に入ったノートについて話題にするのもやめて、目をとじる。

電気ストーブみたいな器具は音をたてずに首をふった。

「どうだった?」Lはコートをハンガーにかけ直してくれているようだ。

「いい式だったよ」なにがと訊ねそうになってから、うつぶせのまま答える。適当にいっているのではないという印にと、顔をねじり、目をみていおうとした。縦長の電熱板からの暖かみを腿のあたりに感じる。

「ミシュラン一つ星でしょう、どうだった」いかなかったLが、会場になったレストランについて知っている。驚かない。気付くのではなく気付かれるのと、自分は知らなくて皆は知っているのと、どちらも同じようなことで、もう慣れている。

「ほとんどなにも食べてない」

「へえ」Ｌは驚く。

別の女の部屋にも同じようなストーブみたいなのあったなと思いながら、ベルトだけゆるめた。一人暮らしの女たちが、普段あまりいくことのない家電量販店に出向いて「これは嫌だ」「これしかないのか」「こっちがまだマシ」などと思い巡らす瞬間。壁紙や時計やカレンダー、ユニットバスのシャワーカーテン（カーテンリングも）、タイプライターみたいな活字でｓｏａｐと書かれた石鹼のボトル。

それら調度のようには気を張ってこだわることのできない、選択肢の少ないジャンルが暖房で、だから同じのを別の女の家でもみるのだ。Ｌは風邪気味のはずなのにシャワーを浴びている。今になって腹が減ってきたと思いながら、スーツの上下を脱ぎ布団をかぶってしまう。

「寝ちゃった？」風呂上がりのＬの声が、囁いているというのではないが小さい。

無言でうつぶせを続ける。本当に好きで付き合ってる？　だって？　シーツに顔をすりつけながら思い出す。あれは「好きでもない女を性欲で口説いてるんじゃないのか」ということを言われているのではない。ちゃんと人を好きになることができているる？　という意味だ。

だからだ。だからあのとき「寂しく」なったんだ。自分が好かれていないのではなくて、世界の誰のことも自分は好きになっていないのかもしれないという気がしたから。

なんだかすまん世界。いや、うるせえよ、世界。好きに決まってるだろう。本当に？　俺も拍手をしたよ、本当に、したんだ。熱さと眠気、酩酊か発熱か。Lがスーツとズボンを回収してくれている気配を感じていたが、寝返りもうたず眠りに落ちた。

一ヶ月後、ギターケースを背負い自宅を出る。雨模様だが傘を持たずにいく。駅をでると霧雨になっていた。目に入った路地の桜は五分咲きといったところか。手前を歩く女に見覚えがある。同じ行き先ではないか。服装や髪型でそう思ったのではなくて、かさばる荷物を持っていたから。信号で並び、横顔をうかがうと果たしてBだった。

「ネクタイしてるー」珍しそうにBは笑った。大学時代の後輩だ。今はデザイン事務所に勤めている。

「濡れますよ」Bは気付くなり近づいて来、傘を高く掲げた。ああ。自分の背中のギターケースの重さだけ感じ、高さがあることを忘れていた。届かないと思ったらしく、Bは二人だけが入る高さに持ちなおした。

「Aさん、やるんですか？」Bは右手でギターを弾く真似をした。

「貸しにきただけ」押し入れの奥にしまわれたソフトケースの、埃もきちんと払っていない。あぁ。Bは納得顔。

「私も、ウェルカムボード頼まれて」

「へえ」Bは板状のものを抱えている。

「タクシー乗ろうかとも思ったんだけど」うん。

狭い階段を二人、縦並びになって下りる。薄暗い地下の受付にまだ人はいない。まだ静かな会場を見渡す。ライブハウス風。煉瓦風の壁にビールのポスター、スミノフの立体看板、ネオンなどがみえる。入口に、普段はそこにないのであろう丸テーブルが据えられて、チェキとペンの束がもう置かれている。

ニット帽の若者に、楽屋に案内される。ボロいソファにも別のニット帽の若い男がおり、携帯ゲーム機で遊んでいた。きっと『モンスターハンター』だ。

「Tさんは?」

「あー、さっきまでいたんですけど……」

ソファの端にギターをケースごと置き、トイレにいくと今日ギターを弾くはずのTが手洗いに立っていた。

「こんちは」

「あぁ」Tはこちらをみない。ずいぶん手を慎重に洗ってるなと思ったら、洗っているのはちんちんだと気付く。背伸び気味に洗面台の縁に載せて、緑色のポンプ石鹸を手にすくっている。

「ギターもってきたよ、楽屋に置いてある」

「ごめん、すぐ終わるから」Tは普通の驚き方で（つまり、さして驚かずに）いった。

「おぉ、ありがとうね」遅れてギターのお礼も。自然な態度だから、つい至近まで近づきそうになる。

「いや、ごめん」あわてて背を向けて、小便器の前に立った。

「誰かこないか見張ってて」

「小便終わったらな」もうこちらも驚き終え、いつもの調子になる。

昼間、ここにくるまえに別の女（ネットで知り合った人妻）として、ここでの演奏を終えたらZと会うことになるから、洗ってゴム臭さをとらなければいけない。Tは行為のゆえんを説明しながらペーパータオルを乱暴にむしるように取り、ちんちんをぬぐった。

扉が開き、男性が半歩入ってきた。ぎょっとしたような顔をみせ、失礼、と声もあげ、踵をかえして出ていった。

「……」

「それでいいの？」

「ん？」

「その、石鹸で」思わず尋ねる。

「?」

「いや、いいんだけど」尋ねたものの、さしあたってそれじゃない石鹸の選択肢などない。soapとタイプライターみたいな文字で書かれたのなら「いい」のか。

　そもそも「いい」って、誰にとって〝いい〟のかを尋ねているのだと思いながら、でも尋ねてしまった。自分に近い（距離が）ことなのに、味を知らないのだ。

「知らない、なめるの俺じゃないし」とTもいう。なんの味がするかではない、ゴムの味がしないことだけが大事なのでもある。

　インスタントカメラもペンも、各々の服装だってなんだって、少しずつ変わり更新されていくというのに、ここだけ八〇～九〇年代のままの人がいる（石鹸の色もここだけ変わってない）。今は「草食系男子」の時代らしいよ、といいそうになる。

　まあでも、何年代であろうと、二股でなくても、洗うときはあるな。あるある。部屋にシャワーがあるとしても、そうではないなだれこみ方が二十一世紀にもあるのだ。鏡ごしにみるTは老けてみえない。Tが使わず、大理石風の台に残されたペーパータオルをもったいないから手にとって拭う。

　二人でトイレを出るとさっきの男は待っていなかった。Bが入口でなにか作業をしながら、別の女たちと話をしているのになんとなく混ざる。

「本当にすごい綺麗」

「素敵」会話の途中から混ざったので、女たちが口々に誉めているものがしばらくなんだか分からない。相槌をうちつつ、Bの身につけた装飾品かと眺め回してしまう。コ、コ、コサージュ、はつけてない。

「私のときにも頼んでいいですかー」

「はい」Bが明朗に答えているのを聞いているうち不意に、これがウェルカムボードっていうんだと、目の前のものに驚く。ボードには新郎新婦の名が綺麗な縁取りで飾られている。そういうのを頼んだり、頼まれたりするのだな。

楽屋の入口が開き、おーいとTに呼ばれて狭い楽屋に戻ると『モンスターハンター』が二人に増えていた。

「Aさ、あのさ、ベースならできるよね」最初、なにをいわれているのか分からなかった。

ベーシストがケガで来られなくなったのだという。まさか。

「いやいやいやいやいや」

「頼むよ代役、駅弁ファック奏法で」とTは胸のあたりで弾く真似をする。

「ファックは余計だよ」昔、初めてスタジオで練習した際、右腕を通さずに胸の前からギターを提げて弾いていて「駅弁売り奏法」と揶揄《やゆ》されたのだ。

「お願いします」ボーカルの新郎も頭を下げた。Tに譜面を押し付けられる。

「いやいやいやいや、いいよ、いいけどさ」変な承諾をした。

「どうなっても知らないよ」渡された譜面にはジョニー・B・グッドとカタカナで書いてある。

「もろに『バック・トゥ・ザ・フューチャー』じゃないか！」笑い出す。

「フラグたった」と無表情な若者がゲーム機の画面をみたまま、どちらの世界に対してか分からない言葉を放つ。


ざわめきと拍手に混じりフーとかヒューと、誰かがちゃんと、いうのが楽屋にまで聞こえてくる。アンプを通しての練習はなし、ぶっつけ本番でステージに立つことになった。新郎や、Tの名前を呼ぶ女の声も。

「それでは、本日の前座にしてメインアクト、『新郎バンド』の登場です！」向こうで、司会が声を張り上げた。もう一度トイレにいっておくんだった。

狭いステージにスモークがたかれている中を、あらかじめ決まっていたことのような足取りで歩いた。マイクのコードやシールドに気をつけて移動するだけなのに、歓声があがる。遠くで、撮影係のビデオカメラ――家庭用の小さなカメラだが、三脚に据え付けられている――のレンズがこちらを追って動いている。最前列中央には花嫁の姿が。

なるほど、花のようだから、花嫁なんだな。新郎は客席からステージに身軽に現れ、ひときわ大きな歓声があがる。

ワンツースリーフォー、ニット帽ドラムのカウントで出し抜けに始まった。慌てろ。始まると、さほど緊張しなかった。ほとんど開放弦なのに間違え、俺もふくめて全員、演奏は散々だったが、誰も構わず、誰もが平気だった。ステージからは大勢がよくみえる。ドレス姿の新婦とBが並んで縦乗りで笑い、手を叩いている。客もちゃんとノっているみたいで、おかしかった。

今日ここにはQもFもGもいるわけないのだが、あのときの会場を思い浮かべる。彼らだけではない、花嫁を中心に暗がりに広がるこの世界に、自分の知り合った全員がそこにいるような気持ちで音を出した。

ゴー、ジョニー、ゴー、ゴー、を繰り返す新郎も、ギターのTも、ピアノとドラムの若者二人も、袖のスタッフまで、ステージ上の全員も笑っていない者は一人もいない。

(映画のマーフィは自分を救うためにプロムで演奏し、父さんと母さんを救った)。こうして演奏しているのはとても、おめでたいことなんだな。結婚式なんだから、おめでたいのに決まっている。できないチョッパーをやって失敗。調子にのって最後、ジャンプまでしてみせる。起こる拍手に、また皆で爆笑した。

地上への階段脇の壁には、いつの間にかチェキで撮られたたくさんの写真が貼ってある。やはり皆、笑顔だ。楽屋にいたから俺のはない。出口で待ち受ける新郎新婦に声をかけ、ひどい演奏を詫び、最高でしたよーというのをそんなわけないと遮り、いや本当にすみませんと何度も詫びた。丁寧にラッピングされた紅茶をもらった。

狭い階段をあがり会場をでると（時間をはかったように）Ｌから連絡が、今度はメールできた。今日は会えますか、とある。いこうかどうか迷う。前の結婚式の夜から、会ってない。

少し歩いたところにいたＴが、合流したらしいＺを紹介してくれた。

「あ、はじめまして」あ、に含まれたニュアンスを隠すために笑顔を作り、顔をみた。Ｚはほほえんで「お噂はかねがね」などといった。

タクシーではなく混んだ地下鉄に乗り、Ｌの最寄り駅に着く。変なオブジェのある駐輪場の脇を歩き、エントランスで部屋番号を押す（覚えた）。

「寒いね」Ｌはかすれた声で前と同じことをいった。

「もう桜咲いてるよ」さんざんそりのあわなかった職場をやめたＬは、最近は十二時間くらい寝て暮らしているらしい。開花も、本当に知らないかもしれない。

「ギターだ」Ｌは赤ん坊を受け取るときみたいに不慣れな顔つきでケースを受け取っ

た。

「演奏しちゃった、ベース」

部屋に入ってから気付いたが、Lは直前まで泣いていたような顔だった。

「どうしたのさ」なのに、明るく尋ねてしまう。

「別に」

「なに、例の、ボツになった話?」ちがう、Lは首をふった。じゃあ、どうしたの。別に。あ、そう、冷蔵庫開けていい?

「……Aさんってさ、気持ちが落ちることとかないの」人前で演奏した興奮のまま、六缶入りパックのビールを一つ取り出してコップに注ぐ俺の仕草に、Lは少しむっとしたようだった。

「ないな」きっぱりといってみせる。会話のゆき先は分からないが、取り繕わないことに決めた。

「楽でいいね」Lは嘆息した。あなどることで、気持ちをぶつけるのをやめることにしたようだった。

「ないねえ、ない」わざと繰り返した。ベッドに腰掛け、ビールを飲んだ。

生まれてこの方、気持ちが落ちたことなんかないよ。落ち込んだことや、気が塞いだことしかない。このあとセックスする女に「けっ」と思いながら、ネクタイをゆるめる。いやいやいやいやいや、いいよと楽器を受け取った瞬間のように、うっとうしいLに「一緒に暮らそう」というかもしれない、とも思ってみる。


翌日の午後、用事があるというLと駅まで歩いた。

「本当だ」誰かの庭に咲きかけた桜をLは指した。

「でしょう?」自分の庭についていわれたみたいに頷いた。

「うん」昼間のLは少し元気になっていた。Lの部屋には何度か訪れているが、一緒に駅まで歩くのは初めてだ。曇っていて、静かだった。途中のドラッグストアにLは直角に折れて入店した。すぐに会計をすませて出てくる。

「なに買ったの」

「持っててくれる」答えの代わりにLはまず鞄を差し出した。

それから薬局の小さな紙袋を開け、取り出したのは絆創膏だった。そのまま、歩道脇でヒールを片方脱いだ。四角い絆創膏の箱の封を開け、一枚取り出すと箱も預けた。爪で外紙を裂いて、中身を取り出し、今度は紙包みを手渡した。

「靴擦れ」といい、踵《かかと》を持ち上げたが、おろした。ガードレールにつかまりなおす。

また爪で、今度は粘着面の台紙をはがし、それも手渡してきた。もう一度同じ動きで、粘着面だけになった絆創膏を近づける。

よれずに——よくある——貼れるかどうかを注視した。手伝えることはなさそうで、注視するしかなかったのだ。バスが大きく曲がってきた。大きなエンジン音で通り過ぎていく。

靴擦れするような靴は履かない方がいいのではないか。昔、別の女にいったら、心の底からバカにした顔をされたのを思い出していた。

「バカにされた顔で怒った」のではなくて、「バカにした顔をした」のだ。Qもそんな顔をしそうだ。トイレの個室で、くるぶしを持ち上げていたであろうQの姿、用心深い手つきを想像する。

したりしなかったりも関係なく、QもLも、これから出会う、呼び名がセフレだろうと恋人だろうと、あらゆる女たちがバカにするだろう。「靴擦れのする綺麗な靴を、履くんだよ！（靴擦れしないダサい靴ではなくて！）」と、異口同音にいうんだろう。

生きていて学んだこと、けっこうあるな。Lの前で、殊勝に無言で立ってみせる。

「ありがとう」短くいい、Lは元通りに戻った。

「はい」鞄と絆創膏の箱を返した。

「ほら、変なオブジェ」駅前まできて、先月の電話では通じなかった目印を指差す。

「ほら、パン屋さん」負けずにLも十字路の向こうを指差してみせた。

帰宅してパソコンの電源を入れる。何通かの仕事のメールにまじって、Fからメールがきていた。

映像「チーム」の「労作」である、結婚式の動画がサイトにアップされているので、下記のアドレスからみられるという、大勢に共通の内容と思われる文言の次に、私信があった。曰く、先月の結婚式は人数が多すぎて、彼女たちのことをきちんとお祝いできなかったから、誰それと何人かで小規模なパーティをして、贈り物をしようと思うがA先輩も一口のらないか、と書いてあった。青山のセレクトショップでみつけた、「とても上品な」置き時計の画像も添付されている。

裏面に皆のイニシャルを彫って、連名で贈るんだけど、どうかな。

「すごくいいね」返信を書く。添付画像をみもせずに。動画もみない。喧噪の中を慎重に移動していた「チーム」の姿は妙に鮮明に思い出したのだが。

夜になって紅茶を飲もうと思い立ち、椅子の背にかかったスーツのポケットをまさぐると、紅茶はなぜかどこにも入っておらず、かわりにでてきたのは絆創膏の粘着部分についている薄紙だった。薄紙には絆創膏のメーカー名が小さな字でいくつも書いてある。もう片方の面はツルツルとした感触だ。

それも知ってる、と思う。

解説　いつも「起きて」いる

北村浩子

二〇〇六年五月、空気の乾いたいい天気の日、長嶋さんは私の小さなラジオ番組のトークイベントにゲストとして来て下さった。

番組スポンサーの輸入車屋さんのショールームで、長嶋さんは最初に、実は今日こんなの着てきちゃって、と、他のメーカーの車のロゴが入ったTシャツを長袖シャツのすそをめくって見せ（てくれ）、客席がドカッと沸いた。長嶋さんとはその日が初対面だったのだが、それでなにかオッケーサインをもらったような気になって、そのあと私はほとんど遠慮のない気分で喋ることができた。デビュー作の『猛スピードで母は』から当時の最新刊の『夕子ちゃんの近道』まで、ブルボン小林名義のものも含めすべての著書に関するエピソードや、どれが売れてどれがいま一つだったかというう打ち明け話的なことなどを、インタビューという「形式」でなく、談笑の中で聞かせてもらったような気持ちになれた。

そのとき長嶋さんは「定点観測小説を書きたい」とおっしゃっていたのだが、翌年始まった『ねたあとに』の新聞連載を読むうち、これかも、と約束が果たされたように感じて私は一人悦に入った。また、家電に着目した書評集『電化製品列伝』（文庫版のタイトルは『電化文学列伝』）を読んだときは、そういえば電気のコンセントがうんぬんって話もしたなあ、と思い出して何度も笑った。

『祝福』の単行本は、二〇一一年の八月の半ばに買った。

その頃、私や家族は延命治療をやめた母の自宅介護の準備をしていた。病棟の相談室のようなところに呼ばれ、主治医から「余命二、三か月です」と言われたとき、予想通りのショックを受けながら私は、あー、あるんだ、と思っていた。余命という言葉を医者から聞くというシチュエーションは、ほんとうに存在した。ほんとうに医者は「余命」という言葉を使って「宣告」する。

ならば、あれを言われるときもやって来るのか。「ご臨終です」。昔、臥せっている母の顔にハンカチをかけ、妹と二人で「ごりんじゅうごっこ」をした。今、同じ言葉を聞いた妹（何か読みたいという母に、佐野洋子さんの『死ぬ気まんまん』を持って行くような、肝のすわった妹だ）は、あんな（フキンシンな）遊びをしたことを覚えているだろうか、とぼんやり思った。

『祝福』を見つけたのは「余命」の翌週だった。赤い明朝体で、著者名よりやや大きく漢字二文字が書かれている棚差しの背表紙。長嶋有デビュー十周年を記念した（とは書いてはいないけれど、十作収録で数字を揃えた）紅白の市松模様の『祝福』、を読むのが自分の今にそぐわないとか、そういうことはまったく思わなかった。大丈夫、と（自分を励ます意味でなく）思った。きっと長嶋さんは、ちゃんと祝福していない。

やっぱり、と一冊最後まで読んで勝手に安堵した。いや、「祝福」のAは、してはいる。拍手をした（招待客のとき）、ベースを弾いた（飛び入りのとき）。でも、彼はいつもどこかうっすら苛立っている。気づく／気づかない（or／気づかれる）、知ってる／知らない、慣れている／慣れていない、の「／」を心に装備している感じがある。〈このあとセックスする女に「けっ」と思いながら、ネクタイをゆるめ〉たりする。やはり結婚披露宴の場面が最初におかれている、二〇〇四年刊行の『パラレル』と、そこに登場する常に女性関係がある男、津田幹彦を思い出した（それにしても、長嶋作品にセックスとかセフレとかいう言葉が出てくると、なんだかどきどきしてしまう）。

二〇〇三年から二〇一〇年の間に発表されたものを収めた著者初のこの短篇集には、こんな風にこれまでの小説とのつながりを感じさせる作品がいくつかある。「噛みながら」は、高校の図書部員たちの約一年を描いた『ぼくは落ち着きがない』の頼子の七年後。「ジャージの一人」は、父と古い山荘で夏を過ごす『ジャージの二人』の

「僕」の一人滞在バージョン。「海の男」は、西洋古道具屋を舞台にした『夕子ちゃんの近道』の最終話候補だった一篇。意外だったのは「丹下」だ。長嶋さんが柴崎友香さんたちと作っている同人誌「イルクーック2」では、「私」の名前は「金子留」だったのだけど、こちらでは「今井留子」になっている。てっきり『ぼく落ち』の、作家デビューした元司書の金子先生の話だと思っていたのだが、長嶋さんは新たに収録するにあたって「そうではない」ことにしたのかもしれない。

それはともかく。十篇、いろいろ起きている。前述のトークイベントで私は「長嶋作品では、連続殺人とか絶対に起きないですよね」と言ったのだが、ここでは銀行強盗も噴火も起きている。「十時間」の緊張を生み出しているのは、寒さと暗さだけではなく「なにかが起きている気配」だ（「十時間」は、なんというか、感動をためらわないという意思が感じられる作品で、そのためらいのなさにも胸うたれる）。

「噛みながら」の頼子は不思議に思う。〈忘れていたことを、あるきっかけで簡単に思い出せるということと、ずっと思い出さずにいたという、その両方のこと〉を。「ファットスプレッド」の「私」は面白いと思う。〈それを忘れていたということと、実はそれを忘れていなかったということが両立してしまう〉ことを。前者は銀行強盗に遭って、後者はオザケンのイントロを聴いて。どちらが「おおごと」かと言えば、それは明らかだ。けれど、喚起される二つの驚きはとてもよく似ている。

フェアだな、と思う。長嶋有は日常のほぼすべてのことを「起きる」という感覚でとらえていて、そこに意識を向けたことを文字にして世界に定着させる。猫が撫でられることだけでなく、撫でられ終えることも「起きた」こととして端折《はしょ》らずに描く。だからどの小説でも、何事かが「起きて」いる。何事、に大小・軽重はない。つまらない、取るに足らない、ささいなことなんてない。長嶋有はすべての作品で、全力でそう主張する作家だ。「穴場で」の雷は花火より劣るなんてことはないし、「山根と六郎」のカップラーメンは、六郎には生まれて初めてのカップラーメンだったし、「海の男」で交わされた会話はそこでしか生まれ得なかったものだし、「マラソンをさぼる」の「セシル」のくだりなんか、まったくもって何事だ。死と、それに付随する諸々もそれらと同等のものとして描いていたのが、二〇一二年に刊行された〝納骨小説〟『佐渡の三人』だったが、ああ、「余命」「ご臨終」のどちらもこの中に間違いなく入っているんだな、とちょっと嬉しいような気持ちで読んだ。

最後に。トークイベントで長嶋さんは（さん付けに戻します）「手管がないから、せつないものとか、恋愛小説を書くのは照れくさい」とおっしゃっていたけれど、「ファットスプレッド」のプロポーズの場面はものすごくすてきだと思います。

（フリーアナウンサー）

本書は二〇一〇年一二月、単行本として小社より刊行されました。
［初出］
丹下…『イルクーツク2』二〇〇七年
マラソンをさぼる…『ダ・ヴィンチ』二〇〇三年一一月号
穴場で…『東京カレンダー』二〇〇四年七月号
山根と六郎…アンソロジー『東京19歳の物語』二〇〇五年　G.B.
嚙みながら…『ぼくは落ち着きがない』非売品カバー裏掲載
二〇〇八年　光文社
ジャージの一人…ブルボン小林『ジュ・ゲーム・モア・ノン・プリュ』
二〇〇四年　太田出版
ファットスプレッド…『小説すばる』二〇〇六年五月号
海の男…『新潮』二〇〇五年一一月号
十時間…『すばる』二〇一〇年一〇月号
祝福…『文藝』二〇一〇年秋号

祝福《しゅくふく》

二〇一四年 一 月一〇日 初版印刷
二〇一四年 一 月二〇日 初版発行

著 者 長嶋有《ながしまゆう》
発行者 小野寺優
発行所 株式会社河出書房新社
〒一五一－〇〇五一
東京都渋谷区千駄ヶ谷二－三二－二
電話〇三－三四〇四－八六一一（編集）
〇三－三四〇四－一二〇一（営業）
http://www.kawade.co.jp/

ロゴ・表紙デザイン 粟津潔
本文フォーマット 佐々木暁
本文組版 KAWADE DTP WORKS
印刷・製本 中央精版印刷株式会社

Printed in Japan ISBN978-4-309-41269-6

泣かない女はいない

長嶋有　40865-1

ごめんねといってはいけないと思った。「ごめんね」でも、いってしまった。──恋人・四郎と暮らす睦美に訪れた不意の心変わりとは？　恋をめぐる心のふしぎを描く話題作、待望の文庫化。「センスなし」併録。

野ブタ。をプロデュース

白岩玄　40927-6

舞台は教室。プロデューサーは俺。イジメられっ子は、人気者になれるのか?!　テレビドラマでも話題になった、あの学校青春小説を文庫化。六十八万部の大ベストセラーの第四十一回文藝賞受賞作。

夏休み

中村航　40801-9

吉田くんの家出がきっかけで訪れた二組のカップルの危機。僕らのひと夏の旅が辿り着いた場所は──キュートで爽やか、じんわり心にしみる物語。『100 回泣くこと』の著者による超人気作。

銃

中村文則　41166-8

昨日、私は拳銃を拾った。これ程美しいものを、他に知らない──いま最も注目されている作家・中村文則のデビュー作が装いも新たについに河出文庫で登場！　単行本未収録小説「火」も併録。

人のセックスを笑うな

山崎ナオコーラ　40814-9

十九歳のオレと三十九歳のユリ。恋とも愛ともつかぬいとしさが、オレを駆り立てた──「思わず嫉妬したくなる程の才能」と選考委員に絶賛された、せつなさ百パーセントの恋愛小説。第四十一回文藝賞受賞作。映画化。

蹴りたい背中

綿矢りさ　40841-5

ハツとにな川はクラスの余り者同士。ある日ハツは、オリチャンというモデルのファンである彼の部屋に招待されるが……文学史上の事件となった百二十七万部のベストセラー、史上最年少十九歳での芥川賞受賞作。